赤川ミカミ
Mikami Akagawa
illust: KaeruNoAshi
KiNG novels 2
純愛エロゲーに転生して
俺だけ裏ハーレムルート
突入!
ヒロインに
完全攻略
バグで性欲も
異常になってます!?

ゲームのメインヒロイン
ファータ

天才錬金術士
ステラ
魔道具店の看板娘
チェルドーテ

「んくぅっ、あっ、タズマ、んんっ……♥」

ファータが、後ろから貫かれて嬌声をあげる。

彼女の腰をつかみ、ピストンを繰り返す。

「あぅっ、ん、はぁ、ああっ！」

膣襞を擦り上げるように往復し、彼女の快感を高める。

乱れるエロい姿に興奮し、要望を突き込んでいった。

純愛エロゲーに転生して俺だけ裏ハーレムルート【ヒロイン完全攻略】に突入！

～バグで性欲も異常になってます!?～

赤川ミカミ
illust：KaeruNoAshi

KiNG novels

純愛エロゲーに転生して俺だけ裏ハーレムルート ヒロイン完全攻略に突入！

contents

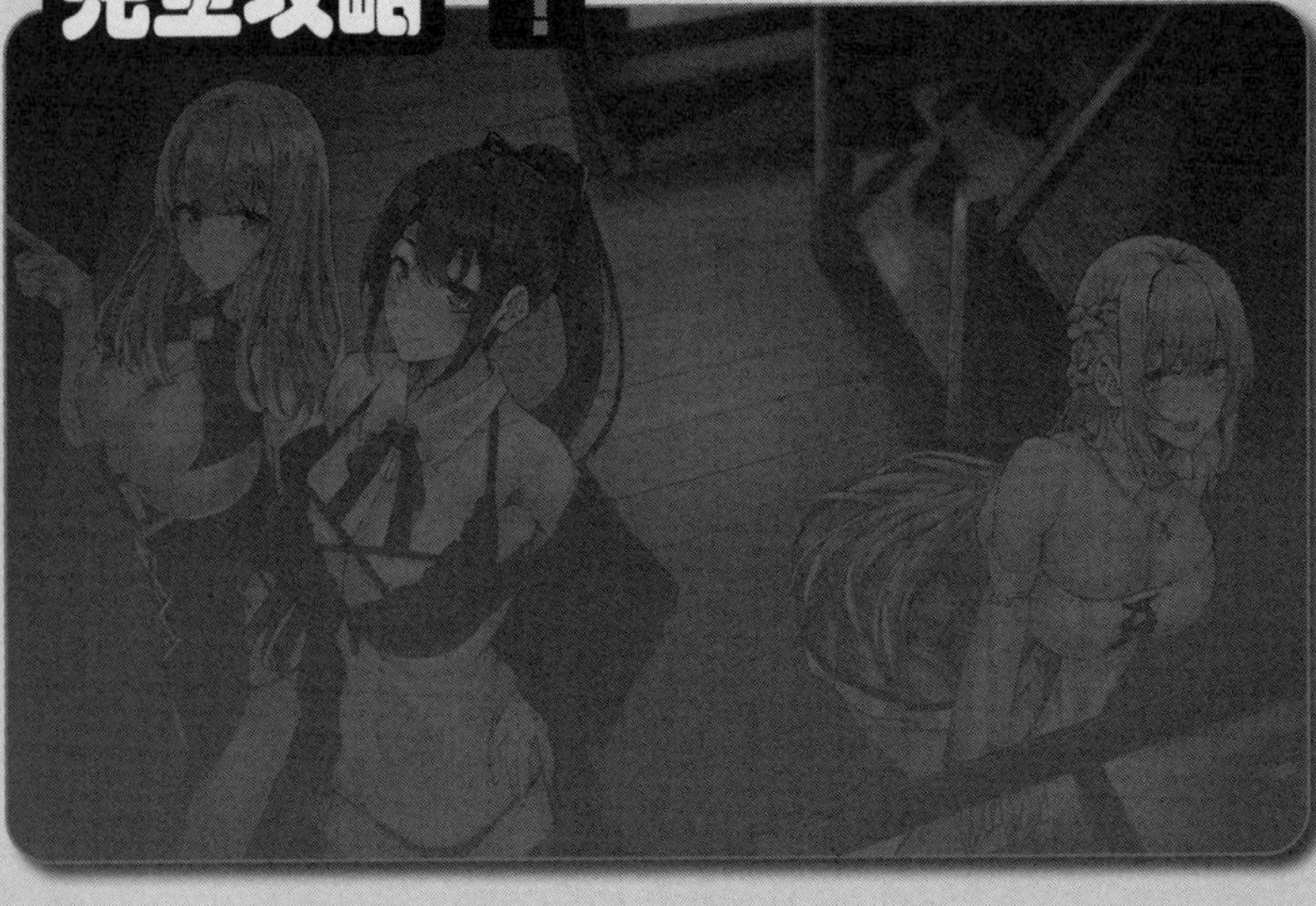

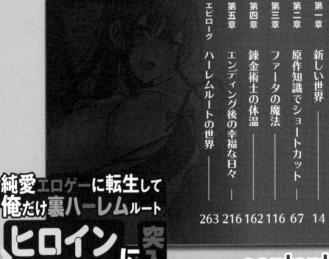

プロローグ　エロゲ世界での幸せな暮らし

異世界の街テヌート。

石造りの街だが魔道具によってかなり便利になっており、ファンタジーな中世っぽい世界でありながら、不自由なく暮らすことが出来る。

ここは俺が前世でプレイしていたエロゲー、【トリルフーガ】の世界だった。

俺は気がつくと、この世界の主人公「タズマ」に転生していた。

普通であればきっと、そこからは主人公としてルートに沿った展開を動かすことになるのだが……。

様々な事情があり、そうもいかなかった。

この世界には、原作ゲームとは違う点がいくつかあり……。

その中でも一番影響が大きかったのが、純愛系の泣きエロゲだった原作よりも、ヒロインたちがずっとえっちになっていたことだった。

彼女たちは皆、俺の予想よりもずっと親密で、スキンシップどころか、すぐに男女の行為を迫ってくることさえあった。

好きだったゲームの美女たちに迫られる……そう考えれば夢のような状態だ。

当然、そんなお誘いを断れるわけもなく、いろいろあった末に、俺は原作のヒロイン三人に囲まれる、ハーレム生活を送ることになった。

エロゲの世界に転生できただけでも、かなりラッキーだ。

そのうえで原作にはない、全員といちゃつくハーレムルートまで俺は堪能している。

もちろん元がエロゲーだから、なにもかも俺に都合がいい、
そんな世界を謳歌し、彼女たちといちゃいちゃと過ごしている。

こちらの世界に来られて、本当によかった。

そうして前世よりずっと充実した日々を過ごしている中、今日は俺の家に、ファータが訪れてきていた。

エロゲーでもメインヒロインだった彼女は、明るく元気な美少女だ。

動き回るのに合わせて、金色の長い髪が揺れる姿が印象的で、とても可愛い。

このリアルさは、原作ではわからなかったディティールだ。さすが現実だと実感する。

この世界では、いわゆる魔法も過去にはあったのだが、舞台となる時代には衰退している。

魔法使いはおらず、魔力を持った道具だけが作られている状況だ。

そんな中で、主人公とヒロインはそれぞれに半分ずつ、魔法の素質を持っていた。

シナリオを進めて絆を深めることで、奇跡としての魔法を発動できるようになり、危機を乗り越える。そして主人公は、ヒロインと幸せに過ごすのだった。

……というのが、原作【トリルフーガ】の基本的な流れだ。

流行に乗って大量に作られた、純愛泣きゲーの一つ。

今の俺は、もはやそこからは大きく外れているが、それでも彼女たちの可愛らしさは健在だった。

俺はこのあとを期待しながら、キッチンでお皿を洗っているファータの後ろ姿を眺めている。

「～♪」

軽く鼻歌を歌いながら、お皿を洗っているファータ。

テンション高めなのはいつものことだが、こうして後ろ姿を眺める機会は珍しい。

基本的には向き合っているか、隣にいるからな。

穏やかな時間への安心感がある反面、揺れるお尻を眺めているとムラムラしてくる。

俺はキッチンへと向かい、彼女の様子を確かめた。

「どうしたの？」

皿洗いを終えた彼女が、気配を感じてこちらへと振り向いた。

手にした皿を置いて、首をこちらへと向けた状態の彼女。

明るい笑顔はとても可愛らしく、俺は後ろからファータを抱き締めた。

「急にどうしたの？」

そう言いながらも、まんざらでもない様子のファータ。

彼女は手についた水滴を払うと、そのままこちらへと身体を預けてきた。

こちらを見上げる彼女へと手を伸ばす。

まずはお腹の辺りを撫でて、そのまま上へとずらしていった。

「あんっ……♥」

俺の手はお腹から肋骨、そして下乳へとたどりつく。

むにゅっという柔らかな感触と、その重みが伝わった。

「んっ、もうっ……」

そのままファータの大きな胸を揉んでいく。

柔らかくボリューム感のある胸を支えるようにしながら、心地よい感触を楽しむ。

「えっちな気分になったの……？」

そう尋ねる彼女の頬も赤くなり、もうその気になっているのがわかる。

いつもならベッドへと向かうところだが、その時間さえ惜しかった。

俺は手を動かし、胸元をはだけさせる。

「あっ、タズマくん、んっ……」

たぷんっと揺れながら現れる生おっぱい。

後ろからのぞき込み、そのまま揉んでいく。

「あんっ、ね、そんなにされたら、あっ……」

ファータの口から、甘い声が漏れてくる。

「ベッドに、んっ……」

「そこまで我慢できない」

そう言って、むにゅむにゅと柔らかおっぱいを揉んでいった。

「ファータだって、ほら……」

欲望のまま巨乳を揉んでいると、双丘の頂点で彼女の乳首が反応し、立ち上がってくる。

指先でつまむと、ファータがぴくんと反応した。

「んぁっ♥　そこ、んんっ……」

喘ぎ声が漏れて、少し恥ずかしそうにするファータ。

それでいて乳首のほうは、触ってほしそうに存在を主張している。

そんな両乳首を、指先でくりくりといじっていった。

「んんっ、あっ、はぁ……♥」

ファータの口からは艶めかしい吐息が漏れ、感じているのがわかる。

「こんなところで、ん、あっ♥」

立ったまま乳首をいじられて、身体を揺らすファータ。

片方の乳首をいじりながら、もう片方の手で乳房を揉んでいく。

極上の柔らかさと、そんな中で硬さを主張する乳首。

彼女のおっぱいを楽しんでいると、当然欲望が膨らんでくる。

「タズマくん、ん、あぅっ……わたしのお尻に、硬いの当たってる……♥」

そう言って、お尻をすりすりと動かすファータ。

丸みを帯びたお尻が、俺の股間を擦り上げてくる。

「うっ……」

声を漏らすと、彼女はこちらを誘うように、さらにお尻を動かしていった。

「ね、ベッドに行こうよ？」

そう言って身体を動かすファータ。

俺は手を胸からお腹、さらに下へとまわして、スカートの中に忍び込ませた。

そして下着の上から割れ目をなで上げる。

「んぁっ♥」

反応した彼女のお尻が、また俺の股間を刺激した。

ファータのアソコはもう、下着の上からでも濡れているのがわかる。

下着をずらすと、潤んだ陰裂に指を這わせていく。

「あっ、ん、はぁ……♥」

指先に愛液がつき、さらに動かしやすくなった。

割れ目を押し広げ、その内側へと忍び込む。

「んんっ、あっ、あんっ♥」

くちゅくちゅと卑猥な水音を立てながら、オマンコをいじっていった。

膣襞《ちつひだ》を優しく擦り、軽く出し入れをする。

「あぁっ……♥ ん、はぁ……」

彼女は快感で、身体を前へと倒していく。

お尻が肉竿へと押しつけられ、ぐいっと圧迫してきた。

「ん、はぁ……タズマくん、もっと、ん、ああっ……」

すっかりとスイッチの入ったファータが、押しつけているお尻を動かす。

まるで肉棒を求めるかのようにすりすりとお尻を動かして、刺激を送り込んできた。

「ファータ」

そのえっちなおねだりに、俺も我慢が出来なくなる。

オマンコから指を引き抜くと、自身のズボンへと手をかけた。

「んっ……」

そして肉棒を解放する。

すでにそそり勃っていた肉棒を、ファータはうっとりとした目で見た。

そして壁へと手を突くと、白いお尻をこちらへと向ける。

腰を突き出す格好になると、短いスカートからその中がのぞける。

俺は滾る剛直を、濡れた膣口へとあてがった。

「あっ……♥　タズマくんの硬いのが、わたしのアソコに当たってる……♥」

「ああ。このままいくぞ」

「うん……んあぁっ！」

俺は腰を前へと進め、肉棒を挿入していく。

先端が膣道を押し広げて、中へと侵入していった。

「あふっ、ん、奥まで、入ってきてるっ……♥」

熱くうねる膣襞が肉棒を咥え込んだ。

十分に濡れていた蜜壺はスムーズに肉棒を迎え入れ、それでいて一度中へ入ると心地よく締め付けてくる。

俺はそのまま、腰を動かし始めた。

「んっ、はぁ、あぁ……♥」

彼女が声をあげ、その膣内が反応する。

「んぅっ、ふぅっ、あんっ……♥」

膣襞を擦り上げながら、味わうように往復していく。

いつもとは違うシチュエーションに、腰振りにも力が入った。

「んくぅっ、あっ、タズマくん、んんっ……♥」

壁に手を突いたファータが、後ろから貫かれて嬌声をあげる。

俺は彼女の腰をつかみ、ピストンを行っていった。

「あぅっ、ん、はぁ、ああっ！」

すぐに嬌声をあげて感じ入り、膣内が肉竿を締め付ける。

俺もそれを振り払うように押し込んで、快感を高めていく。

「ファータも、いつも以上に感じてるみたいだな」

そう口にすると、入口がきゅっと締まって反応する。

「あうっ、ん、はぁっ……♥」

ベッド以外の場所でするのは、非日常的な興奮がある。

それは彼女のほうも同じようで、ピストンに合わせて身体を揺らしながら、嬌声をあげていく。

快感に乱れるエロい姿を眺めながら、欲望のまま腰を打ち付けていった。

「んはぁっ♥　あっ、ん、タズマくん、わたし、ん、ああっ！」

彼女もますます感じていく。

快感で姿勢が崩れそうになるのを支えながら、秘穴を突き込み続けた。

「んぅっ、はぁっ、んはぁっ！　あっ、気持ちよすぎて、わたし、ん、あぁっ！」

ファータが乱れていくのを眺めながら、俺のほうも精液がこみ上げてくるのを感じていた。

「あふっ、ん、ああっ……タズマくん、あふっ、んぁ、わたし、もう、イクッ！　ん、ああっ！」

「俺も、もう出そうだ……」

そう言いながら、腰振りの速度を上げた。

「んはぁっ！　あっ、ん、ああっ……♥」

俺の突き込みで、さらに高まっていくファータ。

熱い膣内を往復し、ぐりぐり擦り上げていく。

「んはぁっ♥　あっ、ん、イクッ！　あ、ああっ♥」

そのエロく可愛い声を聞きつつ、セックスを楽しんでピストンを行う。

蠕動する膣襞が、いよいよ精液を搾ろうと締め付けてきた。

「ああっ、ん、イクッ、ん、あっあっ♥　オマンコイクッ！　タズマくんっ、あっ♥　ん、はぁ、んくぅっ♥」

「うっ、あぁ……」

絶頂へとうねる膣襞の気持ちよさを感じながら、抽送を繰り返し、そのまま上り詰めていった。

「あっあっあっ♥　ん、はぁっ、イクッ！　んぁ、ああっ！　あっ、イクイクッ！　イックウウゥウゥッ！」

盛大にイッた彼女が、身体を大きく震わせた。

同時にその膣内がきゅっと収縮し、これまで以上に肉棒を締め付ける。

「ぐっ、出すぞ！」

どびゅっ、びゅるるっ、びゅくんっ！

絶頂オマンコの締め付けに促されるようにして、俺は奥へと射精した。

「あぁぁぁあっ♥　中っ、タズマくんの、熱い精液っ♥　いっぱい出てるぅっ……♥」

中出しを受けて、ファータがさらに嬌声をあげる。

膣襞が肉棒を締め上げて、しっかりと精液を搾りとってきた。

その気持ちよさに浸りながら、精液をさらに注ぎ込んでいく。気のせいかもしれないが、エロゲー世界への転生のせいか、以前より大量に出ているようだ。

射精時間も長く、それがまた最高に気持ちいい。

「んっ……♥　はぁ、あぁっ……♥」

そうして射精を終えると、肉棒を引き抜いた。

「んぁっ、あふっ……」

快感で力の抜けた彼女を支えると、そのまま身体を預けてきた。

「タズマくん、んっ……」

彼女がこちらを見つめる。

行為直後で赤らんだ顔に、蕩けた瞳。

その表情がまたエロく、すぐにでも襲いかかってしまいたくなるほどだ。

俺は力の抜けた彼女を抱きかかえるようにして、ベッドへと運んでいった。


以前なら考えられなかったような、幸せな時間。

えっちな女の子たちと身体を重ねる、恵まれた日々。

先行きに気を揉んだ時期もあったが、こちらの世界に来られて、本当によかったと。

甘えるように抱きかかえられているファータを眺め、その体温を感じながら、俺は以前のことを思い出すのだった。

始まりは、突然こちらの世界に転生してきた、あの日……。

それが前世とはまったく違う、エロエロな人生の始まりだった。

第一章　新しい世界

『時間は絶え間なく進んでいるけれど、それを刻む時計はいつだって、同じところを回っている』

かつては魔法が存在し、今はそのほとんどが失われた世界。
郊外の街テヌートに、数年ぶりの帰郷を果たした主人公タズマ。
そこで待つ、出会いと再会。
かつてともに過ごした、幼なじみの少女。
看板娘と店長を兼任する、元気なお姉さん。
研究に没頭する、天才少女。
彼女たちと過ごす、緩やかな日々。
恋とふれあいと、ちょっとの魔法――。

・・・

ようやく慣れてきたような、まるで見知らぬ場所であるかのような。

そんな曖昧な感想を抱かせる天井を見上げながら思い出したのは、かつてプレイしたゲーム【トリルフーガ】の作品紹介記事だった。

突然、そんなものを思い出したのはなぜか。浮かぶ疑問の答えは、すぐに見上げる天井が打ち返してくる。

身体ではありふれた目覚めだと認識する反面、心のほうは、不思議な気持ちと幾ばくかの混乱を抱えていた。

それもそうか。

どうやら俺は、かつてプレイしていたエロゲー【トリルフーガ】の世界に転生したらしい。

理性や感情よりも深い部分に、それは事実としてぽつんと置かれているようだった。

それでも、理性では「そんなことが本当にあるのだろうか」と疑いを抱く。

少し身を起こして部屋を見渡すと、確かにそこには見覚えがある。

もちろん、ゲームの画面の中での背景としてだ。

ただ、どうなのだろう。

俺がそのゲーム、【トリルフーガ】をプレイしたのは何年も前の話だ。

背景の一つ一つまで、詳細に覚えているとは言いがたい。

ベッドの上で上半身だけを起こしたまま、壁に触れてみた。

西洋漆喰のざらついた感触。

現代日本の、壁紙に覆われたものとは明らかに違う肌触り。

ここで現代日本、というワードが出るあたり、俺がこの、ファンタジー風の部屋で生まれ育った人間ではない、というのは確実だった。

寝起きの頭が徐々に覚醒していき、同時に違和感が霧散していく。

それが、俺がここへ転生したような不思議な力によるものなのか、或いは俺自身の、ある種の現実逃避なのかはわからない。

だが時間が経つにつれだんだんと、自分は元現代人であり、かつてプレイしたことのある【トリルフーガ】の世界に転生したのだ、ということが心になじんでいった。

「なるほどな」

そう声を出してみると、目覚めた頭の中に浮かび上がるのはワクワク感だった。

異世界、それも自分がプレイしていたエロゲーへの転生。

何もなかった現世での人生より、数段は素晴らしいに決まっている。

俺はベッドから起き上がり、自然な動作でタンスへと向かった。

意識は前世、現代人のものだが、ここで暮らしていた記憶みたいなものも、探ることができるようだった。

どうやら今は、ゲーム本編が始まる直前、というタイミングのようだ。

この先はヒロインと出会い、交流を深めて、それぞれのルートに分岐していくことになる。

それはとても心踊るものだった。

原作である【トリルフーガ】は、俺の個人的な思い入れを別とすれば、可も不可もない普通の作品という評価が妥当だろう。

大ヒット作がいくつか出て、それに続けとばかりに玉石混淆《ぎょくせきこんこう》であちこちから何十本も出された純愛・泣きゲー系に属する作品であり、その出来は並。

とんでもないものが多く出されていたことを考えれば、まともにプレイできるほうではある。

しかし、あちこちから評価される名作かと言えば、そんなこともなかった。

大方の評価としては「絵柄が好みなら買ってオッケー」「ジャンルが好きで大量にプレイするなら、その中に入っていてもハズレではない」といったあたりだ。

世間的にはそんな感じだが、俺としてはかなり初期のころに触れた作品ということもあって、懐かしさを感じる。

結構好きだった、という印象が残っている。

プレイしたのがかなり前だから、細かいところまで把握しているわけではないが、悪いイメージはない。

もちろん、それからもいろんな作品をプレイしていった中で、先の評価がさほど間違っていないというのもわかっている。

だからわざわざ人に勧めるようなことはないが、自分としては思い入れ深い作品だ。

そんな作品に転生したとあって、俺はワクワクしていた。

好きだった作品を久々にプレイするというのも、なかなかに心躍るものだ。しかもそれが自分にとっての現実になったとあれば、感動すらある。

俺はさっそく準備をして、家を出る。

アパートの階段を降りて、街を歩いていく。

本編開始時点の主人公タズマは、ヒロインのひとりであるチェルドーテの店で働いている。今の俺の記憶でも、それで間違いないようだ。

「おおぉ……」

道を歩きながら、思わず感嘆のため息を漏らす。

石造りの街は、それだけで異国感があっていいものだ。

現代で暮らしていたときも海外なんて縁がなかったし、こういった街並み自体が新鮮である。

ヨーロッパのほうには残っているらしいが、行ったことはなかった。

それよりも、どこもかしこも記憶にある気がして、やはり【トリルフーガ】の世界なんだという実感が心を満たしていく。

ゲーム画面で見た街がより鮮明に、そして背景画像では写っていなかった部分まで補完された状態で目の前にある。ＶＲなんて目じゃないリアルさだ。

現代のアスファルトよりも、ごつごつとした石造りの道。

行き交う人々の格好も新鮮だし、繁華街のように大音量で宣伝が流れていることもない。

もちろん、人が行き交う雑踏なので、ものすごく静というわけではないのだが、ごみごみとした都会の喧噪とは違う空気が流れていた。

　そんな街を進みながら、俺はチェルドーテの店を目指していく。

　転生後の身体が自然と道を覚えているようで、新しい世界に感動してあちこちを眺めながら歩いていても、問題なく到着することが出来た。

　チェルドーテの店は、魔道具などを扱う雑貨屋だ。

　看板の文字も自然と読めたので、ひと安心する。

　ドアを開けて中に入ると、すぐに明るい声がかかった。

「タズマ、おはよう」.

「お、おはよう」

　言いながら目を向けると、そこに居たのはもちろんチェルドーテ、なのだが。

　ゲームで知っているキャラが目の前にいるという状態に、思わず呆けて見とれてしまう。

　この店の看板娘でもある、面倒見のいいお姉さんのチェルドーテ。

　赤い髪をポニーテールにしており、やや強気な印象の美人だ。

　今も開店準備できびきびと動いており、その活発さがうかがえる。

　彼女は、行き場のなかった主人公――今は俺――を拾って、店で働かせてくれている。

　ゲームでも大胆だと思っていたが、こうして実際目にすると、視線に困るくらい露出度の高い衣装だった。

　目の前にいる美女に見とれていると、そんな彼女の中でもひときわ目を惹く部分、そのたわわな爆乳が揺れる。

「タズマ？」

おっぱいに目を奪われていると、チェルドーテが首をかしげながら声をかけてくる。

「どうかしたの？」

「ああ、ごめん」

俺はそこでようやく気を取り直し、魅惑の双丘から視線を切った。

「ほんとに大丈夫？」

彼女は身を寄せて、こちらをのぞき込んでくる。

思ったよりも顔が近くなり、どきりとしてしまう。

よく知るゲーム世界にいるという不思議な感覚と、そもそもチェルドーテのような美人と距離が近いことに対する戸惑い。

元々、冴えないオタクだった俺には縁がなさ過ぎてびびる状況だ。

こんな日々を平然と、むしろヒロインに素っ気ないくらいのテンションで過ごせるなんて、主人公ってやつはすごいぜ……。

出会ったばかりなのに、俺はもう、内心ドキドキしっぱなしだ。

とはいえ、なるべくちゃんと振る舞わないとな。

「ああ。ちょっと、ぼーっとしてたね」

「ふうん？　それならいいけど、具合悪いなら無理せず言ってよね」

「大丈夫」

チェルドーテに心配されてうわつく内心と、なるべく平静を保つ外面。

仮面が剥がれ落ちる前に、そそくさと仕事へと取りかかる。

突然転生してきた街で、初めての仕事……。

店に来る途中も不安はあった。この世界での人生の記憶はあっても、他人事のような感覚も同居していたからだ。

しかし、仕事も身体が覚えていてくれたので、悩まずに問題なく取り組むことが出来た。

さっそく、倉庫から商品を取り出して並べていく。

俺の仕事は主に在庫の補充と、チェルドーテが商談を行っている最中の店番だ。

「さ、今日も頑張っていくわよ」

「ああ」

ぐっと気合いを入れるチェルドーテ。

その、ややあざといポーズも似合っていて可愛らしいという気持ちと、動作に合わせて揺れるおっぱいも素敵だ。そういえば、こんなポーズの立ち絵もあった気がする。

その光景で一気に雑念と煩悩にまみれる自分を、心の端っこに追いやる……のは難しかった。

何だって主人公は、彼女相手に平然としていられたんだ？　それがリア充ってやつなのか？

そんなことも考えつつ、いつも通りに開店し、俺はひとまず真面目に仕事をすることになるのだった。

雑貨店の中の時間はいつも、比較的緩やかに流れる。

そもそも現代で俺が暮らしていた土地のように、人にあふれているわけでもないしな。

満員電車や行列のような光景とは無縁だ。

人混みが得意でない俺としては、そのほうがありがたかった。

大通り沿いではないため、魔道車の立てる音も遠く、時折、目の前の道でご婦人のヒールが立てる音が聞こえるくらい。

それだって裏の倉庫にいればほぼ聞こえなくなるほどで、店のドアが開いて鳴るカウベルだけが目立った環境音だった。

俺は倉庫と店内を緩やかに行き来して、商品の手入れや在庫のチェックを行う。

静かで淡々とした時間。

暇といえば暇だが、むしろ現代がせわしすぎるだけで、本来ならば狩猟から解放された文明人なんて、このくらいののんびり具合でいいのかもしれない。

競争と発展、その結果多くを望んでしまい、窮屈な社会に追い込まれて急かされ続ける日々。

それよりも、文明によって楽になった分、楽をしてしまうほうが理にかなっているのではないだろうか。

というのも、あくまで今だけの感想だけど。

もしかしたら、娯楽のない暮らしに飽き、数ヶ月とか数年経ったころには気持ちを変わるかもしれない。

いつだって無い物ねだりばかりしてしまうのは、競争世界での優位を望む遺伝子に刻み込まれた、空しい性質なのかもしれない。……なんてことを考えてしまう程度には、この時間は暇だ。

俺はそうしてのんびりと働きながら、店内へと目を走らせる。

十歩ほどで横断できる店内の壁には棚が並び、そこに魔道具を中心とした雑貨類が並んでいる。

現代で雑貨店というとインテリアショップ的なイメージが強いが、取り扱っているのが魔道具であるため、ホームセンター的な印象の商品が多い。

必ずしもキッチン用品だったり、事務用品だったりというようなまとめ方ではないので、家電量販店と百円ショップの中間みたいな感じだろうか。

店に並ぶ商品は、この世界にとってはありふれたものも多いが、俺としては興味深いものばかりだった。ゲームでも買えなかったしな。

魔道具――それは、今はほぼ失われた技術である、魔法を元にして作られた不思議な道具たちだ。術者の詠唱によって無から何かが飛び出すわけではなく、あらかじめ設計された通りの効果だけを発揮するアイテムたち。

魔道具は魔法ではないため、その制作者も、魔法使いではなく錬金術師と呼ばれている。

なんともファンタジーでロマンあふれる響きだ。

何も知らずにこの世界に転生したのなら、俺も錬金術師を目指したいくらいだった。

そんな不思議アイテム――魔道具だが、物としては電化製品に近いだろう。

ファンタジー世界で起こる様々な不便を解消してくれて、現代人にとってもある程度過ごしやすく、違和感を少なくしてくれるアイテムだ。

インフラ部分にも魔道具は浸透しており、そのおかげで井戸から水をくみ上げることなく、普通に水道が使える。

火起こしの必要もないし、夜でもある程度活動が出来る。まあ、現代のように夜中までやっている店というのはあまりないし、夜更かしに向いているというわけではないのだが。

いちいち火を移さなければいけないランプより、魔道具で明かりを持ち歩くほうが遥かに簡単だ。

異世界転生といえば、それこそ剣と魔法の世界で、モンスターや冒険者が闊歩する話が多い。

だが、凄いチート能力があるならともかく、実際に暮らすなら平和で便利な世界がいい。

そういう意味では、【トリルフーガ】の世界はかなり恵まれている。

街並みこそファンタジーではあるものの、魔道具によって便利な点は多いし、何より平和だ。

このゲームは女の子たちと楽しく過ごすものであって、そこにドラゴンや魔王は出てこない。

作中における魔法――シナリオ上での「奇跡」も、ヒロインを助けるための能力であり、戦闘は起こらない。

あくまでこの街の中でヒロインと出会い、恋愛を楽しむシステムだ。

その主人公となった俺にこの先起こるのは、かつて画面越しに憧れた女の子たちとの日々。

ゲーム自体は「イラスト頼りの凡作」「ヒロインは普通に可愛いが、シナリオは並」などと言われているが、体験するならそのくらいのほうがいいと思う。厳しい挫折イベントもないし。

世界的な目標があり、機転や努力で苦難を乗り越え、ついに強大な敵を倒す……というのは、見る分にはいいが、自分が実際にやるのは大変だろう。へたしたら、数年かかる。

主人公補正があるとはいっても、そういう主人公はだいたい逆境に置かれる。

それに比べれば、【トリルフーガ】は陰キャだった俺にとって好都合だ。

前世では経験できなかった美女たちとのいちゃいちゃだけの生活なわけで、最高だろう。

難があるとすれば、誰を選ぶか悩むぐらいかな……。純愛系だから、選択も慎重にしよう。

などと邪《よこしま》なことを考えつつも仕事を行い、無事に一日が終わる。

「タズマ、お疲れ様」

「うん、お疲れ」

チェルドーテが店を閉めて、声をかけてくる。

周囲は宵の藍色に包まれており、帰路につく人々がちらほらと歩いている。

この世界においては人が多い時間帯ではあるが、前世で考えるとまばら程度だな。

つつがなく一日の仕事が終わったので、俺は安心するとともに、じんわりとした喜びが浮かび上がってくるのを感じた。

「それじゃ、また明日」

「あ、うん……」

彼女と話せるだけでもドキドキなので、仕事中も楽しかった。また明日も期待だ。

チェルドーテに挨拶をして、俺も帰路につく。

石で舗装された道路は大通りと違い、魔道車の行き来はほとんどない。住宅街の細い道のような感じで、家に帰る人がぽつぽつといるだけだった。

その中に紛れて、てくてくと歩を進めていく。別に警戒することは何もないはずだが、まだ異世界で安心した気分にはなりきれない。

きょろきょろしつつ、帰りながら街を眺め回した。

全体的に石やレンガ造りが多い街。ファンタジー世界としては比較的近代寄りの、過ごしやすくて綺麗な街並みだと思う。

魔法が失われたとはいえ、魔道具を利用して次の時代に進んでいるからだろうか。

魔道具による文明化で、火起こしや水くみなどの原始的な作業は少なくなった。

生活に余力が出たから、その分も別の仕事を行えるようになり、ますます発展して……。

しかし、この先に待つのが現代と同じかと思うと、先が明るいとは言いがたいところだな。

もちろんそれはこの世界では、俺が死んだずっと後のことになるだろう。

暮らしという面だけで見れば、娯楽などは現代が圧倒的に優れている。

この世界にもいずれは、そんな変化が訪れるだろう。その見返りとしての社畜的な生き方や、過度な労働もまた、求められていくのだろうか？

そう思うと、このくらいのほうが過ごしやすいのかもしれない。

さすがはエロゲー世界だ。ファンタジーの緩さと、現代的な便利さが両立するよう作られているから、安心して恋愛に集中できるのだ。変なシミュレーション要素のないゲームでよかった。

何にせよ自分のペースで、チェルドーテのような美人と一緒に働けるというのは最高だった。

それだけでも、この世界に転生してきてよかったと思える。

よくある転生もののように、女神との対話だとか、すべきことなどの説明も特になく、状況もわからないことだらけではあるものの……。

このまま、タズマとして【トリルフーガ】の世界で生きていくのは、喜ばしい予感しかない。

元より、優れた実績も目的もないような俺だった。

それよりはこちらの世界で暮らすほうが、何倍もいい人生だろう。


帰宅してシャワーを浴び、ベッドに寝転びながら、あらためてこれからについて考える。

【トリルフーガ】のヒロインは、主に三人。

比較的少なめな人数だが、テキスト量がインフレしたり、そこから大作とミドルプライスに別れたりする前には、その規模でも普通だった。

そんな風に懐かしさを感じながら、自分のオタク歴を振り返りつつ、思い出のゲームが現実になった幸福を感じていた。

ゲーム世界と同じだとすれば、おそらく明日からは重要な選択肢が現れる。

一体、どのルートに進もうか……。

ゲームであればセーブポイントをロードしなおすとか、いろいろと楽しみ方はあるが、現実となった今では、そういった機能はないだろう。たぶん……。

一応、頭の中で「セーブ！」とか「ロード！」とか唱えてみても、効果はなかった。

「ウィンドウオープン！」……も無理か……残念だ。

となれば、ゲーム的なシステム要素は、この転生にはないと見るのが妥当だろう。

本当にただただ、主人公となってこの世界で生きることになった感じだ。

となれば、チャンスはたった一度。

どのヒロインのルートへ、俺は進むべきか。

今のところ出会っているのはチェルドーテだけということもあって、真っ先に浮かんだのは彼女だった。

一緒に働いているだけでも幸せになれる彼女。

まだ上手く想像はできないが、タズマとして生きていく以上、シナリオ通りに進めればチェルドーテと結ばれることは可能だ。

しかしそう思うと陰キャとしては、この世界で目覚めたとき以上に混乱してしまう。

恋愛……するのか？　女の子と？　この俺が？

【トリルフーガ】は泣き系統の作品であるため、エロに関しては結ばれたあとのラストだけ、という感じだった。だがエロゲーだけあって、濃厚なシーンはちゃんとある。

しっかりとルートに入れさえすれば、チェルドーテとえっちなこともできるのだ。

もちろん本編エンディングのあとも人生は続いていくわけで、ゲームにはなかったとしても、その後のいちゃいちゃな新婚生活までを存分に楽しめるというわけだ。

本編では、魔法という名の奇跡を起こす前と後で一回ずつくらいしかないエロシーンも、エンディング後ならきっとすごいにちがいない。

そもそもチェルドーテは、エピローグでもかなりエロかった。

そこまで考えて、俺は一度冷静になり、浮かれた考えを止めることになった。

この世界は【トリルフーガ】をなぞっており、一度きりの物語だ。

ゲームのように、一ルート終わったら初めからやり直し、次のヒロインへ……というわけにはいかないだろう。セーブもないから、失敗は許されない。

シンプルな学園萌え純愛ものであれば、俺としては迷わず、幼なじみキャラとかでいい。

おそらくは最初からフラグも立っているので、安全にエンディングへと進めるはず。ゲームを知っているとはいえ異世界だ。どこかで間違って、失敗するのはもったいない。

しかし【トリルフーガ】は、純愛がベースではあるものの、アクセントとしての泣きゲーに近い要素も入っていた。

ふたりで発動する魔法によって、ヒロインの問題を解決してから、ハッピーエンドとなる。

この世界ではすでに、失われかけている魔法。

ひとりでは発動できない。ヒロインと主人公の持つ力が絆によって合わさることで奇跡が生まれる。そのルートで、ヒロインのひとりが救われるのだ。

つまり……。

三人のヒロインの問題は、俺とルートに入って魔法を使うことだけでしか解決されない。

各ヒロインのルートに入った後は、他のヒロインが描かれることはまずなかった。

運命の相手はひとりであり、状況こそ違えど、主人公の力が必要とされる。

それ以外の事件は、起こらないのだ。しかし、世界が現実となった今はどうだろうか？

主人公が選ばなかったヒロインは、問題を解決できない。その人生はバッドエンドに近いルートをたどるのか？

最初は単純な好みで、ヒロインとルートを選ぼうと気楽に思っていたが……。

そうなってくると、俺が選ばなかったほうでは何が起こるかというのが、結構重くのしかかってくる。なんといっても、彼女たちの問題を知っているのだから。

俺が主人公として振る舞うことで救えるのは、本当に誰かひとり……だけなのか？

その選択が手の中にあるというのは、やはり気が重い。

これならゲームのループ世界に閉じ込められて、何度も最初からエンディングまでを繰り返すほうが、まだマシかもしれないと思ってしまうほどだ。

ゲームのように気軽に、人生をやり直せるならば……。

しかし現実はいつだって一方通行で、伏線さえもろくにないクソゲーなんだろう。

ゲーム世界に転生したと喜んでいたが、そういった責任があるとなると、この世界は本当の意味でも俺にとっての現実になったな。決断が必要なようだ。

魔法の失われた世界。

神は、とうの昔に死んでいる世界。

嘆きを聞き入れてくれる存在はおらず、淡々と時間だけが過ぎていく、ただの現実だ。

まだヒロイン三人との出会いもすんでおらず、すぐに決意を迫られるものではないが……。

しかし一度きりの選択を、俺は何度かしないといけないのだろう。

誰を救い、そして誰を見捨てるか……。

気の重い話だ。

【トリルフーガ】にも、ハーレムルートがあればよかったのに。エロゲーなんだから。

残念ながら、原作では各ヒロインの純愛ルートだけだ。

ヒロインごとのグッドとバッドの二種類ずつで、六つのエンディングしかなかった。

すぐに決められることではないが、日を置くほどに気が重くなりそうでもある。

俺はどうしたものかと迷いながら、ゲームをなるべく思いだしつつ、まとまらない思考にたゆたうのだった。

●

悩みが解決しなくとも、日は昇り次の日が来た。

現実は、がさつに出来ているな。

平凡な現代人として生きていた俺は、当然、自分の手に他人の運命を握ったことなどない。

なんなら自分の運命さえ、ちゃんと手の中に収めず、流されるままに生きてきた、ありふれた人間だった。

様々なエロゲーをプレイし、その中では主人公として他人の運命をもてあそんできた。

ひとりを攻略すれば、リセットしてまた次のひとりを。過激な内容だってあった。

ぐるぐると世界を回り、コンプリートすれば次のゲームへ。

時には平凡な学生、時には選ばれた勇者、或いはご主人様として何人もの美女たちと付き合い、身体を重ね、イベントＣＧを埋めてきた。

ただそれらはもちろん、すべてゲームの話だ。

けれど今は違う。

確かにここは【トリルフーガ】と瓜二つの世界であり、俺は主人公タズマとして存在している。

けれど、ここにはセーブもロードも、二周目もないようだ。

少なくとも今のところは、そう思う。

そして本来の主人公には知り得ないこと、つまり現世の記憶がある俺は、誰のルートに進むかで彼女たちの運命が変わることを知ってしまっている。

そんな迷いを抱えながら出勤すると、チェルドーテが近づいてきた。

「おはよう。なんだか顔色悪いけど、大丈夫？」

彼女はいつもどおり、こちらをのぞき込むようにして言った。

整った顔がすぐ側に来ると、ドキリとしてしまう。

真面目に悩んでもいるのだが、チェルドーテを目の前にすると一時的に霧散してしまう。

チェルドーテの笑顔は、理性をかき消すには十分だった。

見つめられる恥ずかしさから視線を下ろすと、そこには彼女のたわわなおっぱい。

元々がエロゲーだけあって、ヒロインたちの露出度は高い。

チェルドーテは元気ながらも色気のあるお姉さんであり、その胸も一番大きい。

そんな爆乳おっぱいが、深い谷間と上乳をこれでもかと見せている。

こちらをのぞき込み、前屈みになっているため、無防備にさらされているそこに視線が吸い寄せられてしまう。

柔らかそうに揺れ、存在をアピールしてくるおっぱい。

刺激が強くて、ついつい前屈みになってしまうそうだ。

「熱でもあるのかな？」

そう言って、彼女は顔を近づけ、おでこをくっつけてきた。

キス出来そうなほどの距離にチェルドーテの顔が来て、胸が大きく跳ねた。

「ん、ちょっと熱い、かな？　具合が悪そうなら、休んでおく？」

「い、いや、大丈夫だ。熱いのは、ここまで歩いてきたからだろうし」

俺は後ずさりながらそう答えた。

急接近をみすみす遠ざけるなんて野暮だと頭の一部は言っているが、それよりも女性への不慣れさでパンクしそうだった。

な、なんだかかなり距離が近くないか!?

原作ではこの段階で、こんな風に顔を近づけるような場面はなかったはずだが……。

ドキドキする鼓動を感じながら、俺は冷静になるよう努めた。

スキンシップが多いのは、もしかすると立ち絵と生身の彼女の違いなのだろうか。

パターン数が限られているゲームの立ち絵は、距離やポーズを頻繁に変える演出には向いていない。くるくると立ち絵が変わるのは豪華な反面、シナリオを読んでいて目がチカチカするしな。

とはいえ元気お姉さんのチェルドーテは、本来は、こんなふうに振る舞う女性だったのかもしれない。

そんなことを客観的に考えつつも、心はまだまだチェルドーテでいっぱいだ。

彼女は、平静を装う俺をじっと見つめていた。

純粋に心配してくれているのかもしれないが、自身の脳内がピンク色になっている今の俺には、熱っぽくこちらを見つめているようにも感じられる。

俺は小さく首を振って、その妄想を追い払う。

「大丈夫だから、今日もちゃんと働くよ」

そう言うと、彼女はうなずいてくれた。

「わかった。でも、体調が悪いとか、何かあったらすぐに言ってね」

「ああ、ありがとう」

俺は恥ずかしさもあって彼女から目をそらし、ひとまず目の前の仕事に取りかかった。

へたれな気もするが、こういうときに上手く立ち回れるなら、そもそも前世でももっと器用にやっていたさ。

●

仕事を始めると煩悩は去り、結局はまた、これからのことについて悩むことになった。

当然、動きも悪くなる。人前に出る仕事ではないため支障はあまりなかったが、チェルドーテには見抜かれ、それからも心配されてしまった。

夕方になって店を閉めると、チェルドーテがこちらへと声をかけてくる。

「一緒に夕食でもどう？」

彼女は俺に近づくと、上目遣いに見つめてきた。

美女からのおねだり……に見えるそのお誘いを、断れるはずもない。

「ああ、いいね」

「酒場とかだと、いろいろ気にかかることもあるだろうし……うちでどう？　簡単なものしか作れないけど」

調子の悪い俺を気遣ってくれている。

彼女が住んでいるのは、この店の二階だ。

店の裏にある外階段から、そのまま私室に繋がっている。女性の家にあがるというのもこれまた緊張してしまうところだが、同時に期待もしてしまうのだった。

なんといっても、ここはエロゲーの世界なのだ……。

俺は心を落ち着けて、その提案を受け入れた。

店の施錠をした彼女に続いて、そのまま二階へと上がっていく。

「さ、どうぞ」

案内されて、中へと入る。部屋の中をゲームでは知っていたが、やはり緊張するな。

リビングに通されると、彼女はそのままキッチンのほうへと向かった。

「苦手なものとかある？」

エプロンを着けながら尋ねてくる彼女に答える。

「いや、特にないかな」

この世界の料理はまだよく知らないが、少なくとも前世では、そんなに好き嫌いはなかった。それは主人公も同じだったはずだ。

「うんうん、好き嫌いがないのはいいことだね」

彼女はうなずくと、冷蔵庫を開いた。

こちらの冷蔵庫は、当然だが電気ではなく魔道具だ。

それもあって、現代に比べれば性能は劣るものの、ファンタジー風の世界にとってはオーバーテクノロジーでもある。

こういった魔道具の存在によって、この世界はかなり住みやすくなっていた。

そうでなければ輸送の問題も増え、地域によっては食べられるものがかなり限られてくるだろう。

さすがに電子レンジに類するようなものは存在しないが、冷蔵庫と上下水道、安価な照明などが生活を劇的に向上させている。

これらがなければ、異世界転生を素直に喜べなかったかもしれない。

毎回、街の中にある井戸で水をくみ、食品も限られ……となってくれば、ひとり暮らしは遥かに大変だし、生活の維持活動だけで手一杯になるだろう。

しかし【トリルフーガ】の世界、とくにこの街「テヌート」は違う。

娯楽を始め、足りないものは多々あるが、最低限に暮らしていくだけなら、元現代人の俺にとってもなんの問題もないようだった。

「何か手伝おうか？」

俺はチェルドーテの背中に声をかける。

彼女はその間にも、包丁を使って何かを切っているようだった。

「ううん、大丈夫。うちのキッチン、そんなに広くないしね」

確かに、ふたりで並んで作業する、というほどのスペースはない。

それに、彼女がどのくらい料理できるのかはわからないが、俺のほうは並の腕前だ。

一応、前世でもひとり暮らしはしていたから、最低限は出来るつもりだが、この世界の食材で臨機応変に料理が出来るほどの練度はない。

へたに手を出しても、足を引っ張るだけだろう。

それなら今日は彼女に任せ、何か覚えてから俺がお返しするほうがよさそうだ。

そんなふうに、女性の部屋での「今度」を想定するというのも、なかなか調子に乗っているかもしれないが。

そんなことを思いつつ、彼女の後ろ姿を眺めているのだった。


チェルドーテの料理は、とても美味しかった。

食事を終えると、お茶を淹れてくれた彼女とテーブルで向かい合う。

自宅で手料理を振る舞ってもらい、そのままのんびりとお茶を飲む……なんとも幸せな時間だ。

原作を知らずに転生してきたとしたら、このまま「チェルドーテルート」をまっしぐらに目指すところである。

しかし、ルートに入らなかったヒロインを見捨てる決断のできない俺は、こうしていても時折、それが頭に浮かんでしまう。

ある程度まで関係が深くなれば、心は繋がるのではないだろうか？

そうすれば魔法による奇跡は起こるだろうから、奇跡に人数制限があるわけではないと思いたい。

かといって、本来ならば一人だけ攻略するところだ。付き合っては別れてを繰り返すというわけにも、いかないだろうな……。純愛ゲームのヒロインだし。

そもそも、俺にそんな恋愛スキルはない。別れること前提みたいなスタンスで付き合えたとして、絆が深まって、魔法が使えるところまでいけるのだろうか？

何もかも俺の思い通りにいったとしても、奇跡を起こすための作業になった恋愛では、幸せを見いだせない気がする。

となれば次善の策は、魔法を使わない形での回避だろう。

これに関しては、簡単とはいかないだろうが、可能性があるのではないかと見ている。

まだ出会っていないヒロインのステラに関しては、特にそうだ。

魔法が必要となる前の事故イベントさえ防げれば、そもそも奇跡を起こす必要もなくなる。

どう防ぐかについては考えなければならないが、事故のタイミングもまだ先だし、そこまでにある程度の関係を築けていれば、魔法発動とまでいかない状態でも悲劇を防げる……かもしれない。

「ね、タズマ」

「うん……？」

正面に座る彼女が、こちらに声をかけてきた。

うっかり考え込んでいたが、今は彼女の家でお茶をごちそうになっている最中だ。

ひとりで考え込むのは失礼だろう。

「なにか悩んでることが……あるんでしょう？」

優しく問いかけるチェルドーテは、まさに面倒見のいいお姉さんという感じだった。

「ああ……すまない」

露骨に出てしまっていたため、俺は素直にうなずいた。

「あたしが……すぐに解決策を出せるってわけじゃないないと思うけどさ」

そう言って、彼女はこちらを見つめる。

「誰かに話せば楽になることもあるだろうし、もしそうなら言ってみてよ。言えないなら言えないでいいけどね」

「ありがとう」

その気持ちはとても嬉しい。特に前世では、こういった優しさを受けること自体がなかったからなおさらだ。

ただ、転生という事情が事情だけに、彼女にこの悩みを打ち明ける訳にはいかない。

普通に変なことを言っているだけでしかないし、どこかでシナリオの歯車が、大きくズレてしまうかもしれない。

「ん、そっか」

その俺の反応で、言えない事だと察した彼女は、それ以上聞いてこようとはしなかった。

チェルドーテはすっと立ち上がると、こちらへと近づいてくる。

「言えないことならなおさら、辛いよね」

そう言って、彼女は俺へ身を寄せてくる。

「あたしに出来ることがあったら、言ってね」

そう言って、彼女はぎゅっと俺を抱きしめた。

「んむっ……」

優しく抱擁され、ひと肌の温かさを感じる。

一瞬、包み込まれる癒やしを感じたのだが……。

彼女はその豊満な胸に俺を抱きしめているため、むにゅんっと柔らかなおっぱいに顔を埋めるかたちになる。

こういったことに慣れていない俺としては、すぐにその魅惑の双丘へと意識が向かい……。

おっぱいが！　顔に！　柔らかい！

と、胸に触れている部分にすべての注意を持っていかれてしまう。

「……大丈夫だよ」

そう言って、俺の頭を優しく撫でてくれるチェルドーテ。

その体温と、女の子のいい匂い。

そして顔を埋めているおっぱいの柔らかさに、安心以上のドキドキが俺を支配していく。

爆乳に触れて、異性の柔らかさと芳香に包み込まれていると意識するほど、ムラムラとした気持ちが湧き上がってしまう。

これは、男ならどうしようもないことだった。

チェルドーテが力を緩め、俺の顔をおっぱいから解放する。

その頃にはもう、どうしようもないくらいに身体が反応してしまっていた。

「ん……」

彼女は身を離しても、俺のすぐ側にいる。

離れたことで、目の前で揺れるおっぱい。

つい先程までそこに顔を埋めていたのだと思うと、どうしても目がいってしまう。

俺はぼーっとその爆乳を眺め、手を伸ばしそうになるのをとどめるので精一杯だった。

「あっ、タズマ、それ……」

彼女の視線が、俺の股間へと向く。

そこはもうズボンを突き破らんばかりに勃起し、隠すことなど不可能なほどだった。

腰を引いたところで今更だ。

「すごいことになっちゃってるわね」

彼女は驚いたように言うが、思ったほど引かれてはいないようだった。

抱きしめ、その胸に顔を埋めていたとはいえ、彼女にとってみれば安心させるための行為だっただろう。それで興奮しているのだから、軽蔑されてもおかしくないところだが、彼女はなぜか興味深そうにしていた。

この辺りも主人公補正というか、ちょっとしたラッキースケベ的な扱いで済むのかもしれない、と思うと少しは心も落ち着いてきた。

反面、興奮のほうはそうそう収まりそうもない。

何せ今だって、興味津々といった様子で俺の股間へと目を向けているチェルドーテと、前屈みになって谷間を見せつけるおっぱいがすぐ側にあるのだ。

そんな状態で収まるはずがなかった。

「ね、タズマ、それって、そのままだと苦しいんでしょ？」

彼女はそう言うと、俺の手を引いた。

「ああ、まあ……」

曖昧に答えつつ、この状況について考える。

【トリルフーガ】は、基本的に純愛シナリオ・泣き要素多め路線のエロゲーだった。

エロゲーである以上エロシーンはあるものの、ルートに入った後で関係を深めるので、エロは後半に固まっていて、シーン数自体も少ないものだった。

いわゆる抜きゲーであれば、共通ルートからでもどんどんエロシーンが入る。それならこの誘われ方にも違和感はないだろうが、【トリルフーガ】としてはあり得ない展開だったので混乱する。

「それなら、あたしがすっきりさせてあげる。ほら」

これはもう、俺の知るチェルドーテのセリフではない。

彼女は俺の手を引いて、ベッドへと向かっていった。

本来なら、こんな強引な展開にはならないはずだ。転生前のタズマ側の記憶を探っても、彼女とすでにこんな関係だったというイメージは湧いてこない。

いったい、何が起こっているのか……。

しっかりと考えたほうがいいのでは、と理性は言うが、チェルドーテのような美人に抱きしめられ、爆乳の柔らかさを感じ、ベッドに誘われた状態で止まれるはずもなかった。

悩みもすっかり煩悩に溶かされ、俺は手を引かされるままに、ベッドへ上がる。

「まずはその、苦しそうなとこ、ズボンから出してあげないとね……♥」

少し顔を赤くしたチェルドーテが、そう言って俺のズボンへと手をかける。

彼女はすぐにズボンを下ろして、下着一枚に包まれた肉竿へと顔を寄せた。

「わぁ……すごい膨らみ。それにズボン越しよりはっきり、かたちがわかっちゃうね」

彼女の顔が股間のすぐ側にあり、まじまじと眺められている。

そのシチュエーションだけで、むずむずとしてしまう。

「し、下着も脱がしちゃうわね……んっ……」

そう言って、彼女は俺のパンツを下ろしていった。

「きゃっ、すごっ……」

解放された肉竿がびょんっと飛び出して、チェルドーテの顔に突きつけられる。

チンポのすぐ側に美女の顔があるというのは、かなりエロい光景だ。

「これがタズマの……」

彼女の手がおずおずと肉竿に伸びてきた。

「うぁ……」

柔らかな手が肉棒を握る。

それ自体は淡い刺激だが、チェルドーテが肉竿を見つめ、握ってくれているという状態に興奮してしまう。

「わっ、熱くて、硬い……これがおちんぽ……」

彼女は確かめるように、にぎにぎと刺激してくる。

興味津々にチンポを眺めながらいじってくるチェルドーテと、無防備に見える谷間や上乳。

触覚と視覚にエロさがあふれて、昂ぶりが抑えきれない。

「チェルドーテ」

声をかけると彼女はこちらへと目を向けるが、手のほうはまだ小さく動いたままだ。

じっくりと眺められながら興味津々でいじられるのも興奮するが、意識はこちらに向けつつ、ついでのようにいじられるのも、それはそれでエロい。

「どうしたの？」

彼女の手が軽く肉竿をしごき、刺激を与えてくる。

動き自体は拙いものなのに、美しいヒロインが手コキしているという状況で、その気持ちよさは何倍にも膨れ上がっていた。

「あっ、もしかして、もっとこうしてほしい、とかあるの？」

そう尋ねながら、小首をかしげるチェルドーテ。

その純粋さや可愛らしさを感じさせる仕草と、チンポをしごきながらというギャップがたまらない。

「強すぎたかな？」

そう言いながら、彼女は指先でつーっと裏筋の辺りを撫でてくる。

かなりのソフトタッチで、くすぐったいような気持ちいいような淡い刺激だ。

「いや、むしろもっと、しっかりでもいいくらいだよ。それに、うぁ……」

「あっ、おちんちんぴくんってしたわね。これが、気持ちいいの？」

彼女は指先で裏側を撫でつつ、もう片方の手では触れるかどうかというくらいに優しく肉竿を扱いて、上下に動かしてくる。

「ああっ……それ、むずむずする……」

淡すぎる刺激はもどかしく、ムラムラとした欲望ばかりが溜まっていく。

チェルドーテの焦らしプレイに、期待ばかりが高められていく。

彼女が肉竿に興味を示し、楽しそうにソフトタッチを繰り返す間もずっと、胸元が無防備に誘惑してくる。この状態でそんな魅力的なものを見せつけられて、我慢できるはずがなかった。

俺は彼女の胸へと手を伸ばす。

「あんっ……」

むにゅり、と柔らかな感触が指に伝わるのと同時に、チェルドーテが可愛らしい声を出した。

指が彼女の爆乳に沈みこみ、柔肉がかたちを変える。

「んんっ……タズマの手、思ったより大きいんだね。男の人の手って感じがする……」

そう言いながら、彼女は俺が触れやすいように姿勢を変えていった。

チェルドーテは俺の横に座り、おっぱいをこちらへと近づける。

俺はそんな彼女の服をはだけさせていった。

「おぉ……」

衣服から解放された生おっぱいが、たぷんっ、と揺れながらお目見えする。

服の上からでも目を惹く爆乳だが、こうして生で見ると、よりすごい。

ゲームでも最高だったが、生爆乳はやはり迫力が違うった。

俺はほとんど無意識に、その爆乳おっぱいを揉みしだいていった。

「あっ、ん、ふぅっ……もう、そんな大胆に……あぁっ……」

チェルドーテの口から、気持ちよさそうな声が漏れてくる。

その嬌声が余計に俺を興奮させていった。

極上の爆乳おっぱいに触れている感動と、俺の愛撫で彼女が感じているという充実感。

「んはぁ、あふっ……あたしの胸、触るの、んっ、そんなに楽しい？」

彼女はおっぱいに夢中になる俺に、喘ぎ混じりで問いかけてきた。

「ああ……柔らかくて気持ちいいし、チェルドーテがエロく感じてるのもすごく興奮する」

「んぁっ……そんなこと、ん、ふぅっ……」

掌に収まりきるはずもない爆乳。

指の隙間からあふれてくる乳肉もいやらしく、俺は一心におっぱいを揉んでいった。

「あぁっ……♥　ん、あたしも、ほら、タズマのおちんちんを、しこしこっ」

「おぉ……」

彼女の手が、今度はしっかりと肉棒をしごいてくる。細い指が肉竿を包み、上下に動いていった。

彼女のおっぱいを揉みしだきながら、肉棒をしごかれていく。

チンポの気持ちよさと、爆乳おっぱいを揉んでいる感動。

物理と精神の両方から、欲望が高められていく。本来であれば、チェルドーテにエッチなことができるのは、かなり先だった。もっとデートイベントとかもあったはず。

それがいきなりの生おっぱい。我慢できるはずがない。

「ああっ、ん、ね、タズマ……」

彼女が発情顔で俺を見つめた。

「こうして、ん、気持ちいいところ触るのもいいけど、そろそろ……」

彼女は肉竿から手を離すと、また身体を移動させた。

俺は名残惜しさを感じながらも、生乳から手を離す。

「あぁ……ん、はぁ……タズマの男らしいこれ……あたしの、んっ……女の子のところに、はぁ……ふぅっ……」

彼女は立ち上がると、自らの下着をずらしていく。

小さな布が降りていく様子もそそるが、それ以上の魅力に気付き、視線を脚の付け根へと向ける。

チェルドーテの秘められた花園だ。うっすらと開くそこは、とても清楚だ。

このチェルドーテ……スケベすぎる……。

おそらくこれが、タズマとチェルドーテの初エッチのはず。

設定上は処女なのに、こんなふうにオマンコを見せつけてくるなんて。エロゲーとはいえ、やはりなにかがバグっているな。

「んっ……」

彼女は脚を広げて、俺に跨がるようにする。

そうするとその割れ目も、徐々に口を開いていった。

チェルドーテのオマンコはもう愛液を垂らしており、いやらしく光を反射していた。

そしてわずかに開いた割れ目の向こうには、ピンク色をした内側が見える。

普段から扇情的な格好のチェルドーテだが、秘められたアソコがあらわになるのは、それとは別次元のエロさがあった。

「タズマのそれ、ガチガチになって、あたしのアソコを目指してそそり勃ってるね……♥」

「ああ、たまらないよ」

俺は彼女を見上げながら、小さくうなずいた。

俺の上でゆっくりと焦らすチェルドーテ。

女の子の秘唇をあらわにしている姿はあまりにも淫らで、本能が腰を突き上げて、そこを目指そうとしてしまう。

その欲求をなんとか押さえ込みながら、彼女を見上げた。

「あぁ……タズマってば、すっごくえっちな顔になってる……」

うっとりと言うチェルドーテ。

そんな彼女のほうこそ、発情した表情でこちらを見つめていた。

「ん、挿れる、ね……？」

そう言いながら、チェルドーテが腰を下ろしてくる。いよいよだ。

M字に足を広げるはしたない格好で、未通のオマンコを俺のチンポへと近づけていく。

「ん、しょっ……たぶんこれで……」

彼女は肉竿をつかむと、それを自らの膣口へと導いていった。

くちゅ……。

「んぁ♥」

性器同士が触れ、卑猥な水音が響いた。

同時に、チェルドーテが艶めかしい声をあげる。

彼女の愛液が俺の亀頭を濡らし、その入り口が触れている。

「はぁ……ん、ふぅっ……いく、ね……んんっ……」

彼女はそのまま、ゆっくりと腰を下ろしていった。

肉竿が少しずつ割れ目を押し広げていく。

先っぽが彼女の中へと入っていき、しかしすぐに、ぐっと抵抗を受けた。

「ああっ……」

処女膜が肉棒の侵入を妨げる。

原作通りではあるのだが、美人なお姉さんの処女をもらうというシチュエーションは、想像以上に高揚感を湧き上がらせてきた。

「ん、はぁ、あうぅっ！」

チュエルドーテがぐっと腰を下ろすと、肉竿がその膜を裂き、ついに奥まで咥え込まれた。

「んはぁっ、ああっ！」

熱く濡れた膣内に、肉棒が包み込まれる。

狭い処女穴に圧迫されて、膣襞《ちつひだ》のうねりを感じる。

きゅっと締めてくる気持ちよさと、女性の膣内にちんぽが入っているという満足感。

「あっ、ん、はぁっ……ふぅっ……！」

チュエルドーテは肉竿を処女マンコに咥え込むと、そのまま呼吸を整えていた。

初めての挿入で、まだ精一杯なのだろう。

俺は慌てずに、そんな彼女を見上げる。

少し前傾姿勢になっているおかげで、彼女の表情はかろうじてわかる。

そうでなければ騎乗位では、爆乳おっぱいに遮られて見えなかっただろう。

こうして見上げると、改めてすごい迫力だ。

「ふぅ、ん、はぁ……」

呼吸に合わせて小さく揺れる様子もエロく、その柔らかさが伝わってくるかのようだった。

先ほど触れていたこともあって、今までよりも解像度があがったのも一因かもしれない。

「ん、タズマ……おちんぽ……入っちゃってる、ね」

「ああ、しっかりとね」

初めて男を受け入れるのに必死そうながらも、嬉しそうな様子のチュエルドーテ。

繋がったことを喜んでくれているのだと思うと、俺の胸にも幸福感が湧き上がっていく。

愛しさがこみ上げて穏やかな気持ちになれそうな反面、オマンコにチンポを咥え込まれている気持ちよさは、俺の獣欲を膨らませていった。

「あっ、ん、はぁ……あたしの中に、んっ、タズマの逞しいおちんぽが、ん、入ってるの……。中をぐいぐい押し広げて、んぁ……」

「うっ……」

膣内がきゅっと反応して、肉棒を締め付ける。その気持ちよさに思わず声を漏らした。

「はぁ……ん、それじゃ、動くわよ」

「たのむ……」

俺はうなずきながら、腰に力を入れる。

彼女の膣内に包み込まれる幸福感で、すぐにでも出してしまいそうだった。

「あっ……ん、はぁ……」

そんな俺の我慢を知らずに、チェルドーテは腰を動かし始めた。

「んぅっ、あっ、これ、中を、ああっ……」

ゾリゾリと膣襞が肉棒をしごきあげていく。

そしてまた、ぐっと腰が下ろされ、膣道が肉棒を咥え込んでいく。

「あっ……ん、はぁっ……」

チェルドーテはゆっくりと往復を繰り返していき、そのたびに膣襞が肉竿をしごき上げる。

「んぅっ、あ、これ、なんだか、あっ、ん、はぁっ……♥」

腰振りを始めると、チェルドーテの声もまた色づいていく。

「あたしの中、ん、タズマのおちんぽが、出たり入ったりして、ん、はぁっ♥　太いのが奥まで、ん、あぅっ！」

ぐっと腰を下ろしながら彼女が喘ぎ、また腰を上げていく。

そしてその腰振りが、だんだんとなめらかになっていった。

「ん、はぁ、ああっ♥」

俺の上で、チェルドーテが腰を振っていく。

ゲームで知る彼女よりずっと淫らなその姿に見とれていると、膣襞が肉竿を舐め回す。

「んんっ♥　これ、すごい、あんっ！」

ほんとうに、気持ちよさそうに腰を振っている。初めてでも大丈夫そうだ。

シナリオと違うことへの戸惑いもあったが、それは気持ちよさで押し流されていった。

自分の上で乱れるチェルドーテの姿を眺めながら、快感に浸っていく。

「あっ、ん、すごっ、これ、ん、はぁっ、あたし、もう、んぁっ……♥」

気持ちよさそうな声をあげて、ピストンを続けるチェルドーテ。

その姿はエロく、腰振りに合わせて爆乳も揺れていく。

「あぁ……俺もイキそうだ……」

「んぁっ♥　あっあっ♥　ん、ふぅっ、オマンコの中、んぁっ、おちんぽがズブズブ、ん、くぅっ、んあぁっ！」

最高の光景と、初めてのオマンコの気持ちよさ。

俺の上で淫らに腰を振るヒロイン、チェルドーテ。

そんなの耐えられるはずもなく、俺も射精欲は爆発寸前まで膨らんでいった。

「ああっ、タズマ、ん、はぁっ、あふっ！　あたし、もう、ん、イクッ！　あっ、ん、はぁっ……」

自分で大胆に腰を振って、オマンコで肉棒を味わい尽くしていくかのようだった。

爆乳がたゆんっ、たぷんっと弾み、膣襞がズリズリと肉棒をしごき上げる。

「あっあっあっ♥　ん、はぁっ、も、イクッ！　んん、あぅっ、んぁっ♥」

嬌声をあげながら、上り詰めていくチェルドーテ。

「俺も、もう、出るぞっ……！」

「んぅっ♥　はぁ、セックス……すごすぎ、こんなの、あたし、ん、はぁっ、ああっ！　イクッ、ん、イクイクッ、イックウウゥウゥッ！」

「うぁあっ！」

彼女が絶頂を迎え、大きく身体をのけぞらせる。

同時に膣内がきゅううぅっと締まり、肉棒から精液を搾りとるかのように動いた。

どびゅっ、びゅるるるるっ！

その絶頂オマンコの締めつけに促されるまま、俺はドクドクと射精した。

「んはぁぁあっ♥　あっ、熱いの、中に、んぁ、イってるオマンコに、んぉ♥　どびゅどびゅって

出てるぅっ♥　ん、ああっ！」

中出しを受けた彼女が、さらに嬌声を震わせる。

うねる膣襞がしっかりと肉棒を咥え込んで、精液を搾り尽くしていく。

俺は人生最高の気持ちよさを感じながら、彼女の膣内に白濁を放っていった。

「あっ……♥　ん、はぁ……あふぅっ……♥」

絶頂オマンコに中出しを受けて、さらによがっていた彼女が、快感の余波で脱力していった。

「あぅっ……ん、はぁ……♥」

気持ちよさに呆けているチェルドーテだが、そのオマンコはまだ肉棒を締め付けている。

その膣内に放出する幸福感の余韻に浸りながら、エロい彼女の姿を見上げていたのだった。

●

チェルドーテとの初体験は素晴らしいものだった。

行為中は夢中だったし、彼女のような美女と床をともに出来るなんて、前世では考えられない僥倖だ。手からあふれる爆乳も、細くくびれた腰も、熱くうねる膣内も、全てが最高だった。

何も考えず、彼女との甘い時間をずっと過ごしていたいという気持ちもある。

しかし、だ。

やはり、様子がおかしい。

そう思って思い出してみれば、最初からチェルドーテは妙に距離が近かったし、スキンシップも多かった。

それがもし、日々の積み重ねの好意から来るものであれば、不自然でも何でもない。俺が思い出せないだけで、タズマとはすでにそういう関係だったのだろう。

だがそれは、ここが純粋な異世界だった場合なら……だ。

しかし【トリルフーガ】として、そしてそのヒロインのチェルドーテとして考えると、先程の展開は明らかにバグっている。

本来なら、彼女と身体を重ねられるのは、もっとイベントをこなし、専用ルートに入ってからだ。まだヒロインも出そろっていない、この序盤も序盤の段階で性的な行為に及ぶというのは、原作から離れすぎている。

予想外の幸せであったというのが素直な感想だが、この先の原作展開のことを考えると、ただただ喜んでいるだけでは、いられない気がした。

もちろん、この後もまたお誘いを受けるようであれば、そのときは断れないだろうけど。

チェルドーテのような美女に迫られて、断るのはあり得ないというか、たとえそう考えていても誘惑に負ける気しかしない。

なのでそのときはそのときとして、とりあえずは他のイベントへの対策や、方針を考えておかないといけないだろう。

初期状態や街の様子、ヒロイン設定は明らかに【トリルフーガ】の世界なのだが、チェルドーテの振る舞いから考えるに、エロまでのハードルだけがかなり下がっている。

抜きゲーならばあり得るから、純愛系の【トリルフーガ】であることを除けば、エロゲーとしては違和感も少ないのだが……。

この世界はもしかして、【トリルフーガ】をベースに置きつつも、抜きゲーに近い世界だということなのだろうか？

最初から美女といちゃいちゃできるのは予想外だが、すごくおいしい。

ペナルティがないなら、それは最高だ。

でも流れが変わりすぎると、原作知識が役に立たなくなる気もする。

幸い、エロくなっている以外は、チェルドーテもそこまでイメージと外れてはいない。

考えようによっては、ヒロインたちがエロくなっていることは――チャンスなのかもしれない。

ヒロインたちの基本的な性格や初期条件は、そのままだ。つまり、解決すべき問題も同じ。

そこで問題なのが複数攻略の難しさだったが、清楚系ヒロインまでがエロいなら……。

エロが増して抜きゲー寄りの展開が可能ならば、ご都合主義で恋愛することでむしろ、ハーレムルートが狙えるのかもしれない。

新たな可能性だが、抜きゲーだと考えればむしろ、それがトゥルールートだとも言える。

そうなればきっと、それぞれの問題も解決出来るだろうし、残り二人を見捨てる必要もない。

残りのヒロイン、ファータやステラとはまだ会っていないから、彼女たちがどうなのかはわからない。だが、もしも全員がエロくなっているのだとすれば、このまま抜きゲー的なハーレムエンドを目指し、ハッピーに終われるのではないだろうか。

断定は出来ないが、一つの希望は見えてきた。

何度もクリアし、各ヒロインへの対策は分かっている。それなら、あとは行動あるのみ。

俺はまだ見ぬハーレムルートを視野に入れて、心構えをするのだった。

●

俺はひとり、地図のメモを見ながら街を歩いていた。店に必要な物を買うお使いだ。

大通りから少し奥に入った道の、さらに奥にある小道に入る。

この街は徐々に拡大しながら開発されていったようで、大通り以外は、あまり綺麗には建物が並んでいない。

すれ違うのがやっとの細道や、通り抜けられそうに見えても、他人の家に行きあたる道なども多い。そういった雑多な街は、整いきった区画よりも、前世での現代の街を感じさせてくれて、どこか落ち着く。

もちろん、立ち並ぶ建物はビルではなく石造りのもので、現代人の感覚からすれば、異国情緒あふれる……ということにはなるのだけれど。

そんな街中を俺は今、集中して歩いてる。今回の買い物は、原作にもあったシーンだからだ。

序盤のイベントであり、いよいよメインヒロインのファータと出会う場面にあたる。

【トリルフーガ】のメインヒロインである彼女は、かつて主人公がこの街に住んでいた頃に一緒に遊んでいた子であり、関わりの一番深い相手だ。

そして主人公とヒロインの絆による魔法を、一番わかりやすく使うルートでもある。

俺は細い裏道に伸びる、階段へとさしかかる。

長さはさほどないものの、少し急な階段だ。

そこへさしかかると、階段の上のほうから、女性がやや前のめりに歩いてくるのが見える。

階段の前後も坂になっているため、勢いづいているようだった。

道と同じく石で出来た階段は、それ自体の幅が狭めということもあり、手すりがない。

俺はこの後の展開を知っているため、身構える。

石段を降りてくるのはやはり、ヒロインのファータだった。

長い金髪の、明るい雰囲気の美少女。

元気そうな印象は、彼女のキャラを知っているせいか、より強く感じられる。

そんな彼女が、石段をやや早足に降りてくる。

傾斜のせいでそうなっているのだが、落ち着かない様子もなんだか彼女らしい。

明るく元気で、ちょっとドジでもあるファータ。

かつてゲームで見たヒロインの登場に、やはり心躍ってしまう。

チェルドーテのときもそうだったが、画面越しに見ていた存在が、実際に自分の前に現れるというのは、強いインパクトを持っている。

と、そうして見とれているだけじゃなく、ちゃんと備えておかないとな。

俺が身構え直すと、階段で足を引っかけたファータの身体が傾く。

彼女はそのまま、階段から足を踏み外して、落ちてきた。

俺は素早く、そんな彼女を抱き留める。

胸に飛び込んできた形のファータは、ぎゅっとこちらへと抱きついてくる。

落下していたのだから、無意識にしがみついてくるのは自然なことなのだが……。

美少女に抱きつかれている状態なわけで、俺の心には邪なものが、むくむくと膨らんでくるのだった。

元気でドジ。ともすれば年齢より幼い印象を与える彼女だけれど、雰囲気や振る舞いはともかく、その身体は立派な女性のものだ。

抱き留めた俺の胸元には、その大きく柔らかなおっぱいがむにゅっと押しつけられており、意識を向けざるを得ない。

それと同時に、抱きついてくる彼女からは、爽やかながらも甘みを含んだ香りが漂ってくる。

「あわわっ、ありがとっ！」

彼女が状況を理解すると、慌てたように言ってこちらを見上げた。

抱き合う状態で上目遣いに見つめられる。

それはとても可愛らしくて、俺の胸を打った。

彼女はそのままの姿勢で、俺の顔を見つめ続ける。

抱きしめた状態でまっすぐに見つめられると、その瞳に吸い込まれそうな美少女だった。

そのままキス出来そうな距離。

彼女は心なしか顔を赤くしたまま、俺を見つめ続けている。

俺はそんな彼女に見とれてしまい、思考が停止する。

思わず唇に吸い寄せられかけて、どうにか正気を取り戻すと、彼女を離した。

「あっ……ありがとうね、助けてくれて」

身を離した彼女は、それでも俺を見つめていた。

少し顔が赤いのは、失敗に対する羞恥か、抱きついていたことへの恥じらいか……。

いずれにしても、俺もドキドキとしてしまう。

意識を奪われていると、彼女のほうが口を開く。

「あの、もしかして、どこかで会ったこと、ある?」

そのセリフが原作のものだと思い出した俺は、なるべくシナリオを思い出しながら答えた。

「いや……記憶にないな」

主人公はそう言ったが、俺は知っている。

彼女と主人公は幼い頃に会って、一緒に過ごしている。

その後で主人公が街を離れることになり——そのときに再会の約束をしていた。

しかし、ある出来事によって主人公もファータも、一部の記憶を封印している。

そのため、この時点では明確には思い出せないのだ。

「そっか。ごめん、気のせいだったかも」

ファータは納得したように言うと、笑顔を浮かべた。

「ここの階段、急だよね」

そう言って彼女は、後ろを振り向いた。

手すりのない階段と、その向こうに並ぶ建物たち。

「ああ。気をつけたほうがいいぞ」

「うん、そうだね」

彼女はうなずくと、再びこちらへと向いた。

「わたしはファータ。あなたは？」

「タズマ。向こうの雑貨店で、店員をしてる。チェルドーテのところだ」

こんなときでも宣伝を忘れない俺は店員の鑑だろう。……的なことを、確か主人公は思っていた。

それによって、ファータは主人公の居場所を知り、接点が生まれる。

この時点では本来わかるはずもないことだが……実際の彼女は今、病院で眠り続けている。

こうして俺の前に現れているのは、中途半端に叶った魔法による幻影だ。

かつてファータと主人公がした、再会の約束。

それが魔法として発動し、タズマが街に戻ってきたことで、彼女はこうして、本人は病院で意識を失った状態のままでも動き回っている。

しかし中途半端な魔法は消耗が大きく、期限付きだった。

それを知っている俺は、複雑な気分で彼女を眺める。

しかし、自分ではその設定を理解していないファータは、本来の通りの明るい様子だ。

彼女は今、病院に居る自分のことは知らない。

自身がどこにも属していないこと。学校に行っているわけでもなければ、働いているわけでもない、という状況にも、疑問を抱かないようになっている。

しかし記憶は戻らずとも、主人公にどこか懐かしさを覚えたことで、店に顔を見せるようになるのだ。それが絆の始まりだった。

「そうなんだ。今度お店にも行くね」

「ああ、ぜひ」

三人のヒロインの中で彼女だけは、どうあっても魔法なしにはハッピーエンドを迎えられない。

それを知っている俺は、彼女にどんな顔をすればいいのかわからなかった。

微笑むファータは無邪気で、自身に起きていることを把握していない。

このままでは、期間限定の魔法が終わるとき、彼女は目覚めないまま終わる。

思い出の彼女。こんな純粋な子とハーレムルート……うまく出来るだろうか……。

「タズマくんは……」

彼女はこちらを見ながら、何かを小さく呟いた。

しかしその声は俺に届かず、なんと言ったか聞き取れなかった。

「うん？」

聞き返すと、彼女がこちらへと顔を近づける。

「ちゅっ♥」

ファータの唇が、俺の頬に軽く触れた。

ほっぺにキス。

それは子供でもするような、可愛らしいものではあったけれど――。

俺は自分でも驚くほどに、心臓の高鳴りを感じてしまった。

「えへへ……」

ファータは照れたように微笑む。

「助けてくれて、ありがとうね」

彼女は顔を赤くしながら続けた。

「タズマくんに抱きしめられて、なんだか、すごくドキドキしちゃった」

彼女は恥ずかしさを隠すように、俺の後ろへと回った。

振り向くと、彼女はこちらへと背を向けていた。

「それじゃ、またね」

「ああ……」

俺は頬が熱いのを感じながら、それを悟られないよう、ぶっきらぼうに応えた。

唇の淡い感触。

彼女はそのまま俺に背を向けて、歩き出した。

その後ろ姿を見送る。

程なくして彼女は坂の下へと消えていき、熱くなった顔も落ち着いてきた。

少し冷静になった俺は、考える。

本来、このシーンでは、ほっぺにキスなどされない。

ドキドキした、なんてセリフもなかったはずだ。

それはきっと、積極的に――あけすけに言えばエロくなっている、この世界を覆う改変の影響なはずで……。

原作通りの部分と、違う部分。

そしてその影響。

彼女が去った道を眺めながら、これからについて考える。

元々そうするつもりではあったけれど、俺は改めて、彼女を救うことを心に決めた。

彼女たちのバッドエンドを回避して、原作にはない結末を。

原作とは少し違うこの世界でなら、きっとそれが出来る。

半分は自分に言い聞かせるように、そう思ったのだった。

三人目となるヒロイン、ステラは新進気鋭の天才錬金術師だ。

若いながら魔道具の扱いに優れ、社交的でないながらも話題になり始めている。

彼女の発明で話題に上がることが多いのは、ドライヤーやグリルだ。

どちらも熱と風なので、そのあたりが得意なのだろう。

ステラは優れた錬金術師であるが、反面、研究以外については杜撰なタイプであり、当初はまともな代理人も立てていなかった。

しかしグリルやドライヤーは多くの人が注目する発明品となり、利益をむさぼろうと寄ってくる人間も加速度的に増える。

過去にも同じ事¥ことがあった。大型なのでドライヤーほどのヒット商品ではないが、雨季に洗濯物を乾かせる室内乾燥機を作っていたのだ。そちらが売れ始めた頃も、発明以外には興味のないステラは、しっかりと権利を主張しなかった。依頼があれば作るだけ、という感じだ。

結果として、そこに商機を見いだした業者による劣悪なコピー品が増えた。外側だけ真似た危険な代物が出回るようになり、混乱も巻き起こったのだが、彼女はそれもろくに認識していなかった。

多くの人が欲するようになる頃には、ステラの興味はもう次に移っている。

改良の余地があるならば対応するが、本質的には、完成した時点で次の開発に移っている。

そうして名が売れつつも、商売としてはいろいろとまずい状態になっていた彼女の代理人として立ったのが、初期から取引のある店舗の主——チェルドーテの父親だった。

彼が管理するようになってからは、ステラの錬金術師としての評価は正当に上がっていった。

同時に、利益もしっかり出るようになる。特許を元にして、他の錬金術師たちによる生産も可能になったから、供給も安定していった。

買う側にとっても非常に助かる話だ。

そうして外部との折衝を店に任せるようになった彼女は、それまで以上に研究に打ち込むようになった。

一時期よりはペースが落ちているが、それでも彼女は依然として、新進気鋭の錬金術師だった。

そんな彼女だが、やはり研究以外については危うさもある。

そこで、主人公がチェルドーテに頼まれて、様子を見に行くことになるのだった。

父の代からの取引先でもあるし、気になってしまうのは、チェルドーテの面倒見のよさを考えれば当然だ。しかしステラの家に、他人を出入りさせたりするのも好ましくない。

その点、タズマならばそれなりに信用でき、適度に暇だというわけだ。

チェルドーテの店は、常に俺がいないと回らないというようなことはない。

むしろ、面倒見がいいお姉さんであるチェルドーテにとっては、ステラがちゃんと生活できているか気にかけながら店を開くよりもいい。

繁忙期でもなければ、何日かに一度俺を送りこんだほうが安心できるらしい。

俺としては、これはステラと出会う既定路線のイベントでもあるので、喜んで受けることにするのだった。

渡された手書きの地図を見ながら、ステラの家へと向かう。

街にも慣れてきたものの、やはり普段行かない場所はまだまだ知らない所だらけだ。

【トリルフーガ】は元がエロゲーだが、テキストベースのゲームということもあって、ゲーム内では詳細なマップが存在しない。

そのため、ステラの暮らす部屋の内装ぐらいは原作の絵で知っていても、それがどこにあるかはわからない。

建物に入る直前のシーンが書かれていても、そこで使われる街の背景は汎用的なものだったしな。

オープンワールド系なら、それこそ街の全体図なども頭に入っていたのだろうが。

まあ、ないものを嘆いても仕方がない。

俺は地図を頼りに、ステラの家を目指していった。

そこは大通りから何本か裏に入った、少し交通の便が悪い土地だった。

その分、建物は大きく、庭を持つ家も多く見られる。

高級住宅地ではないが、安アパートの並ぶ区画でもない。

様々な魔道具でヒットを飛ばし、今はしっかりと代理人によってその利益と特許が管理されているステラの家は、ひとり暮らしながら立派なものだった。

魔道具の開発工房を兼ねていると考えれば、大きなスペースが必要なのもうなずける。

だからだろうか。近づいてみると、一般的な住宅よりもドアが強固なことに気づいた。

呼び鈴を押してみると、ドアからガチャリ、とやや大きな音がした。

人の気配はない。これは……遠隔ロックなのかな？

元現代人の俺にとってはそこまで珍しい仕掛けでもないが、こちらの世界で見たのは始めてだ。

思い返してみればたしかに、原作でもステラの家はそうだったか？　主人公が驚いているシーンがあった、ような……？

原作のプレイは少し昔のことなので、大筋はともかく、細かなところは抜け落ちている。

ともあれ、入ってもいいということだろうから、ロックの外れたドアを開けて中へと入った。

「邪魔するぞー」

そう声をかけながら家に上がり、玄関からリビングへと向かう。

すると反対側の工房のほうからも、ひとりの少女が向かって来ていた。

緩やかに流れる銀色の髪。

けだるげな雰囲気の美少女、ステラだ。

彼女の目がぼんやりと俺を捕らえている。

「ん。初めまして……」

「ああ、初めまして」

彼女は俺を少し不思議そうに眺めた後、そう言った。

ステラに見とれていた俺も、慌てて返事をする。

この世界で目覚めてから、感動することばかりだ。

かつてプレイしていたゲームの世界で、そのヒロインたちと出会い、実際に一緒に過ごす……それはオタクなら割と夢見ることだろう。

「任せててだいじょうぶ？」

彼女は小首をかしげて尋ねてくる。

「ああ。大丈夫」

「ん、それじゃ向こうにいるから、何かあったら」

そう言って、ステラは再び工房のほうへと戻っていった。

チェルドーテから、彼女についての話は聞いている。まあ原作でも知っているが。

ステラは新進気鋭の錬金術師として有名になり始めている一方、研究以外のことに関してはかなりダウナーなタイプで、生活力というのもほとんどない。

才能ある部分に全力で振っていった結果だろうし、結果としても、そのほうが世のためでもあるからな。才能は努力じゃ買えない。

家の様子からも、家事に興味がないのが見て取れる。

とりあえず、ゴミ箱に集められたゴミだな。洗われていない食器もたくさんある。

衛生観念がぶっ壊れているというほどではないが、マメとは言いがたい。ある意味ひとり暮らしらしい。

物が少なくて空間も広いため、目に見えてひどく汚れているということはないが、それは整えられているわけではなく、単に空間をそのままにしているだけだ。

俺はさっそく、仕事に取りかかるのだった。

まずは一通りの片付けと、食事の用意だな。


一緒に食事をとり終えた後は、のんびりと一緒に休憩することになった。

「タズマは、チェルドーテのところで働いてるんだよね？」

「ああ。この街に戻ってきて、仕事がなかったときに拾ってもらってな」

かつてはこの街で暮らしていたが、帰る場所があったわけではないタズマだ。

「そうなんだ」

彼女は俺の隣に来ると、軽く身体を預けてくる。

ステラの髪が小さく俺をくすぐり、甘い香りが漂ってくる。

思わず胸が高鳴り、それを表に出さないよう努めた。

「なんだか、タズマと一緒にいるの、心地いいね」

そう言って、彼女はこちらを見つめた。

けだるげな瞳が俺をとらえ、わずかに揺らぐ。

ステラはダウナー系ではあるものの、最初から好感度は高いヒロインだ。彼女に限らず、【トリルフーガ】は全体的にそうだったけど。

好きになってもらうためにイベントを積み重ねるというよりは、好かれた状態でイベントを積み重ねていくスタイルだ。

ファータは思い出に由来する好意、チェルドーテは開始直前での出会いと仕事の関係。

しかしステラからの好意は、卓越した錬金術師である彼女が本能的に感じ取ったもので、明確な理由がつくものではなかった。おそらくは、自分と同じ魔法への才能みたいなものだろう。

都合がいいといえば都合がいいが、実際にだって、誰かを好きになるときなんて、そんなものかもしれない。

残念ながら、前世の俺は恋愛経験豊富というわけではないので、本当なのかはわからないが。

ともあれ、ステラは一目惚れに近いようなかたちでタズマに好意を抱き、そのまま日々を過ごす内に、より惹かれていくという展開になっている。

そこまではいい。俺が知っている通りの出会いだった。

だが……この世界は【トリルフーガ】に近いものでありながら、エロくなった世界。

ステラもまた、初日だというのにこんな風に身を寄せてきている。

本来なら、こういう甘え方はもっと先のはずだ。

まあ、俺としては可愛い女の子にこうしてくっつかれて、悪い気はしないのだが。

「私、あんまりこうして……人と過ごすことないから」

「そうか……まあ、忙しいもんな」

本人に苦労したとか努力したという認識があるかは別として、人よりも研究に打ち込んできたからこそ、錬金術師として頭角を現すまでになったわけで。

こうして身を寄せるのはエロではなく、人寂しさによる甘えたがり、なのだろうか。

ただ、俺としては彼女の思惑はどうあれ、どうしてもムラムラしてきてしまうわけで。

女の子の甘い香りと体温が伝わってくる。

しかもそれが最高の美少女となれば、興奮するなというほうが無理だろう。

「ん……」

そんな俺に身体を預け、時折すりすりと動くステラ。

俺は平静を装いながら、その生殺しのような幸福に耐えるのだった。

しかし、反応してしまう部分もある以上、隠しきるのは無理なようで……。

「タズマ、もしかしてドキドキしてる？」

彼女は俺の胸へと顔を埋めたあと、こちらを見上げながら尋ねた。

「ああ……」

自分でも高鳴っている心臓を感じながら、素直にうなずいた。

「そうなんだ」

彼女はそう言うと、身体をずらしていった。

そして俺の足の間へと入り込む。

「ここ……」

「あっ……」

彼女の手が、俺の股間へと伸びた。

「膨らんでる」

小さな手が、そこを撫でてくる。

ズボン越しとはいえ、美少女に膨らんだ股間を撫でられて、淡い気持ちよさが伝わってきた。

「これ、えっちなことが……したいってことだよね」

そう言いながら、さすさすと肉竿を撫でてくるステラ。

無邪気に責めてくる彼女の様子に、ますます欲望は高まっていった。

「ああ、そうだな」

「んっ」

俺が言うと、彼女は少し顔を赤くしながら、こちらを見上げた。

上目遣いの可愛らしさと、潤んだ瞳の奥にあるメスの気配に、本能が刺激される。

「私にくっつかれて、えっちな気分になったんだ？」

ステラはそう言いながら、俺のズボンへと手をかける。

「それじゃ、ちゃんと私が責任、とってあげないとね」

彼女はそのまま、俺のズボンを下ろしていく。

もちろん、本来ならあり得ない展開。しかしこの世界なら納得出来てしまう。

おそらくは誰でも良いわけではなく、「タズマ」に反応してフラグが立つのだろう。

俺はすっかりと期待に満ち、この成り行きを受け入れていた。

彼女は次に下着に手をかける。

そのまますするすると下ろしていくと、彼女の目の前に剛直が飛び出してきた。

「わっ……これがタズマの、男の人の……初めて見た……」

彼女はまじまじと俺の肉棒を見つめる。

どこか幼さを残す見た目の彼女が、間近でチンポを眺める姿は背徳的でもあり、とてもそそる。

「あっ、おちんちん、びくんって動いた……！」

彼女はひとつひとつの反応に驚きながら、興味津々といった様子で肉竿を見つめる。

「触る、ね……」

「ああ……」

彼女の小さな手が、次は直接肉棒を握った。

細い指が幹の部分をつかみ、くにくにと形を確かめるように動いた。

「すごい……熱くて、硬くて……」

彼女はチンポに釘付けで、顔を近づけながら触っていく。

俺は彼女の好奇心が赴くままに、肉棒をいじられていった。

「ここのところ、でっぱってて、不思議なかたち……」

彼女の指がカリやカリ裏を刺激した。

敏感な部分をいじられ、興奮が高まる。

指先による気持ちよさに加えて、異性に性器を自由にいじられるというのは、なんだか不思議な興奮があった。

興味のままにいじるというのがまた、無知シチュや幼さを際立たせて背徳的だというのも大きいだろう。

「これ、触ってると、なんだかすごくドキドキする……」

ステラはそう言うと、もぞもぞと身体を動かした。

俺はそんな彼女の頭へと手を伸ばす。

「んっ……」

さらさらの髪を撫でて、そこから下へ。

「ひぅっ、そこ、くすぐったい、んっ……」

首筋を撫でると、ステラはぴくんと反応した。

俺はそのまま、首筋と肩甲骨の辺りを撫でていく。

「あぅっ……タズマの手、ん、大きくて……」

彼女はくすぐったそうな、それだけではなさそうな様子で、息を漏らす。

「ふぅ、んっ……」

それがとても艶めかしく、俺の欲望はますます膨らんでいった。

「タズマのこれ……おちんちん……私の中に入れていい……？」

彼女は少しかすれた声で言うと、俺を見上げる。

「ステラ！」

そのおねだりに、俺の理性は消え去り、彼女をベッドへと連れ込んだ。

「わっ……」

彼女は少し驚いたようにしながらも受け入れ、そのままベッドへと横たわった。

「脱がすぞ」

「んっ……」

彼女はベッドの上、仰向けになって小さくうなずいた。

その目はまだ、俺の肉竿をへと向いている。

「こうして見上げると、おちんちん、さらに大きくなってるみたい……」

ステラの言葉に欲望をくすぐられながら、その服へと手をかけていく。

まずは上半身を脱がせていった。

「おぉ……」

たぷんっと揺れながら現れるおっぱい。

全体的に小柄な彼女の中で、ひときわボリュームを持つそこが、柔らかそうに揺れる。

小さな彼女の、大きなおっぱい。

思わず見とれていると、ステラが両腕でその胸を隠した。

「あ、あんまり見られると、恥ずかしい……」

そう言って頬を染める姿も可愛らしく、ますます魅力的に思えてしまう。

乳首は隠れたものの、細い腕の上下からあふれるように零れる乳肉が、かたちを変える。

その光景がエロく、恥じらう彼女もあいまって、昂ぶりを加速させていった。

俺はそんなステラの姿を楽しみながら、次は下半身を脱がせていく。

「あっ……んっ」

彼女は小さく声を漏らしたものの、抵抗せずに脱がされていった。

そうして、最後に小さな下着へと手をかける。

女の子の大切な部分を隠す、薄い布。

それを下ろしていくと、彼女のつるりとした割れ目が現れる。ほとんどパイパンだった。

きゅっと足を閉じたステラの、その細い腿へと手を添える。

そのままぐいっと開かせると、彼女の秘められた奥地があらわになる。

「あぅっ……」

恥ずかしそうに声を出すステラ。俺はその割れ目へと、指を這わせた。

「んっ……♥」

彼女の口からは色っぽい声が漏れる。

「ステラのここ、もう濡れてるな」

割れ目をなで上げると、中からあふれた蜜が俺の指を濡らす。

「んっ、タズマのえっちなところをいじったり、脱がされたりしてたら……お腹の奥から、むずむずした感じが……」

恥じらいながら言うステラに、俺は欲望を抑えられなくなる。

彼女は俺を見上げて、その視線をいきり勃つ肉竿へと移した。

「タズマのおちんちんも、ん、すごいことになってる……。それを、私のアソコに、挿れたいんでしょ？」

「ああ」

俺はうなずくと、その剛直を彼女の割れ目へと近づけていく。

「んっ……いいよ……」

ステラは小さく息をのんで、それを受け入れた。

俺は肉竿をピンク色の膣口へと押し当てる。

くちゅり、と。触れ合ったそこから愛液があふれた。

「いくぞ」

「うん……きて……入ってきてほしい……」

彼女がうなずいたのを確認し、俺はゆっくりと腰を進めた。

「あっ……タズマのが、私のアソコ、ぐいって、んっ……」

亀頭がオマンコを押し広げて、中を目指す。すぐに先端が、彼女の処女膜へと触れた。

「これ、もう全部入ったの……？」

「いや、これからだ」

そう言って、ぐっと腰を進める。

「んぁ、あぁぁっ！」

肉棒が処女膜を裂き、膣内へと入っていく。

「んぉ……これ、あふっ、すごっ……私の中に、んぁ、太いのがいっぱいに、あぁ……」

処女の膣内はとても狭く、肉棒を締め付ける。

初めてであるだけでなく、体格も小柄な彼女の膣内はとくにキツかった。

俺は彼女が落ち着くまで、しばらくそのまま待つことにした。

「私の中、ん、お腹のところまで、タズマのおちんちんに広げられちゃってるっ……」

一糸まとわぬ姿で、肉竿を受け入れているステラ。

小柄な彼女の大きなおっぱいが、呼吸に合わせて揺れる。

「大きすぎっ……ん、すごいの、はいってる……」

「ああ、でもまだこれからだ……」

俺は彼女の言葉にうなずいてから、落ち着くのを少し待つ。

膣内の締め付けと揺れるおっぱいで、俺の興奮が途絶えることはない。

「ん……ちょっと、落ち着いてきた……もう、大丈夫……」

やがて彼女がそう言って、潤んだ瞳でこちらを見上げた。

「それじゃ動くぞ」

彼女は小さくうなずく。

俺はゆっくりと、腰を動かし始めた。

「んぁっ……中、ん、こすれて、はぅっ……」

ゆっくりと膣内を往復していくと、襞が絡みつきながら肉竿をしごき上げる。

彼女と繋がっているという幸福感と、膣内の気持ちよさ。

「ステラ……」

俺は組み敷いている彼女を眺める。

「んっ……」

ステラは赤い顔で俺を見つめた。その蜜壺に肉棒を受け入れ、咥え込んでいる彼女。

ゆっくりと腰を動かしていくと、彼女の口から声が漏れる。

「あっ♥　んんっ……！」

その色っぽい声に欲望は増し、俺はピストンを続けていく。

「はぁ、ん、ふぅっ……♥」

緩やかな抽送に合わせて、膣内がうねり、彼女が艶めかしい吐息を漏らしていく。

俺はそんなステラを見つめながら、腰を動かしていった。

「あっ、ん、はぁっ……！」

彼女の反応がだんだんと大きくなってくる。

それに合わせて、俺は腰の動きを大胆にしていった。

「んはぁっ♥　あっ、んんっ……！　太いおちんぽ、中を、ん、突いてきてるっ……私の中、ん、はあっ、あぁっ……♥」

彼女が嬌声をあげ、膣内も反応する。

その快感に背中を押されるように、俺はピストンを行っていった。

「はぁ、あっ、んっ……ふぅっ……」

「ステラ、うっ……」

「タズマ、んっ♥　すごく、気持ちよさそうな顔になってる……♥」

「ああ」

「私の中で、んんっ、おちんぽ、感じてるんだ……」

彼女は嬉しそうに言った。

そのいじらしさがさらに欲望を追い詰める。

「ああ……ステラのオマンコが気持ちよくて、もう出そうだ」

「それって、せーえき？　私のオマンコに、出しそうなの？」

「ああ……出るよ！」

そう言うと、彼女の膣内がきゅっと反応する。

「あふっ、出して……。出していいよ……私の中に、んっ、タズマの、せーし……」

「うぁ……」

彼女のおねだりと膣内の締め付けで、俺は高まりを抑えきれなくなる。

「このまま、いくぞ」

「うんっ……♥　ん、ああっ！」

俺は射精に向けて、ピストンの速度を上げていった。

「あっあっ♥　おちんぽ、私の中で、んぁっ、いっぱい感じて、ん、はぁっ！」

「ああ、出すぞっ……いっぱい出す！」

「んぁっ♥　わ、私も、んっ、気持ちいいのっ……すごいの、イっちゃいそうっ……♥　ん、あっ、んくぅっ♥」

「う、ああっ……！」

びゅるる！　びゅくっ、どびゅっ！

俺はそのまま、ステラの膣内で大量に射精した。

「んぁ、熱いの、出て、イクウゥゥウッ！」

迸《ほとばし》りを膣奥に受けて、彼女も絶頂を迎えた。

「んあぁっ♥　しゅご、これ、んぅっ♥　はぁ、ああっ！」

膣道が射精中の肉棒を締め付け、余さずに精液を搾りとってくる。

俺は促されるまま、彼女の膣内に吐精していった。

「んはぁっ……♥　あぁ……すごい、お腹の中、タズマのせーえきで、いっぱいになってるみたい……♥」

中出しを受け止めた彼女はそう言うと、蕩けた顔で俺を見つめる。

俺はその可愛らしいステラを見つめ返しながら、肉竿を引き抜いていった。

「んぁっ……」

くぽっと卑猥な音を立てて、肉棒が抜ける。

「んっ……すごい……ぽかぽかして、ドキドキして……♥　はぁ……♥」

彼女はそのまま力を抜いていき、俺も隣へと倒れ込む。

「……んっ。気持ちよかった。これが……男の子とのセックス……なんだね♥」

ステラはそんな俺に軽く抱きついてきた。

行為後の火照った肌が触れ、彼女の体温が伝わる。

ヒロインへの中出し射精の幸福感に包まれながら、俺はステラを優しく撫でたのだった。

●

それからも三人の好感度を同時に上げつつ、日々を過ごしていく。

それぞれのバッドエンドを回避出来るように立ち回るのは、本来ならとても難しいはずのことだったが、エロさの増しているこの世界では複数の繋がりも否定されなかったようだ。

俺の計画は、想定よりも順調に進んでいた。

後は、バッドエンドの原因となる事件についてだが……俺は先んじて、証拠集めを開始していた。

どの程度までシナリオとズレるかはまだわからない。だが、一旦は原作に近い動きがあると仮定して、その対処に動いている。

その間に日々が過ぎ、予想よりも早い段階でストーリーが動き始めるのだった。

いつものように、チェルドーテの店で在庫整理をしていると、店のほうからやや大きな音がした。何かあったのだろうかと顔を出してみれば、そこには外面だけで紳士を装った成金男性と、がたいのいい男がいた。

俺はチェルドーテの側へ行って、様子を窺う。

グロンド商会と名乗った成金が、店の責任者と話がしたい、といった。

「責任者はあたしだけど」

チェルドーテが、やや不機嫌そうに言うと、男は歪《いびつ》な笑みを浮かべた。

「ああ、そうでしたか。ずいぶんと若い女性ですが、まあ、いいでしょう。さして難しいお話ではありません」

男はそう言うと、奥のほうへと目を動かす。中で話をさせろ、ということなのだろう。

チェルドーテはそれを無視して、店内へと目を向けた。

幸い、今はちょうど客が途切れている。そうでなければ、チェルドーテはもっと早く彼らを追いだしていただろう。

「あいにく、店を開けてる時間でね。じっくり話がしたいなら出直すか、難しい話じゃないならここでどうぞ」

その言葉に、男は顔をゆがめる。商会の名前もあって、あまりぞんざいに扱われたことがないのだろう。

グロンド商会は結構な規模の大手だ。

その商会の名前が強いが故に、周りの人間は男に尻尾を振ってきたのだろう。

実際、グロンド商会はこの街に限らず、周辺地域にも大きな力をもっている。

よくない噂も多い商会ではあるが、金の力で疑惑程度にとどまっている。

男は不機嫌さを隠さない笑みを浮かべて続ける。

「この店を、その取引相手も含めて、当商会に売っていただければ……と」

そう言って、店を見回す。

その視線には蔑みが含まれている。この規模の店なんて、商会にとってはあまりに小さい、とでも言わんばかりだ。それならなぜ買収なんて……と思うだろうが、理由がある。

「もちろん、相応のお金はお支払いします。それでよりいい立地に店を構え直すなり、のんびりと暮らすなりしていただければ」

商会が欲しているのは、この店そのものではなく、取引相手のほうなのだ。

錬金術師であるステラなどは、グロンド商会とは取引していない。目的はそんな職人たちだ。

大量生産が出来ない魔道具などでは、大きな商会とやりとりするよりも、街の小さな店舗と手を組むケースが多い。しかし、意外なヒット商品が生まれることもある。

チェルドーテの店は中でも、取引先のレベルが高い。

それは彼女自身や父親の人望や付き合いによるものだが、商会としては職人だけを丸ごと受け入れて、もっと儲けようということなのだろう。

このイベントがチェルドーテに起こるタイミングが、想定よりも早いのは気になるところだが、買収話自体は本編でも出てきたものだった。なので、俺の驚きはそこまで大きくない。

「ふん」

チェルドーテは鼻で笑った。

「うちと取引がある人とのやりとりは、それがまっとうなものであればいちいち口を出したりはしない。勝手にやりなさい。だけど、この店を売るつもりはないわよ」

はっきりとそうつっぱねるチェルドーテに、商会の男はへらへらと応えた。

直取引ができないからこそ、この買収なんだろうな。

「ええ、ええ。いきなり来て、はい売ります、とはなりませんよね。ただ、買い取る意思があることと、少なくないお金をお支払いすることはまずは知っていただいて、ご検討いただければ。また来ますよ」

そう言って、男はひとまず帰っていった。

現代であれば、塩を撒くような場面だな、と俺はぼんやり思うのだった。

「大丈夫か？」

俺が尋ねると、チェルドーテはなんでもないようにうなずいた。

「店を……というか、うちと取引している人を欲している奴は、昔から来てたからね。グロンド商会ほど大きいのは初めてだけど」

そう言って軽く肩をすくめる。

「そうか」

この時点では、タズマは動かない。だから俺も、ひとまずそれ以上は言及しないでおいた。

グロンド商会は、十分な金と力を持った存在だ。これまでにチェルドーテの元へ来ていた者たちと比べても、おそらくは格上だろう。

本来ならかなり厄介な相手だが、こちらには原作の知識がある。それによって、グロンド商会の悪い噂が真実であることも、その秘密が暴かれれば彼らがちゃんと報いを受けることも、俺にはわかっている。

ならばこのイベントは、なるべく早めに終わらせてしまうのがいいかもしれないな。

とはいえ、そのための証拠集めは、まだ少し時間がかかる。

原作では魔法がらみの流れで、悪事が露呈する。そのインパクトもあってスムーズに受け入れられるのだが、今回は時期が早い。まだ魔法の発動には至らないだろう。

しかし俺が準備を進めているので、正攻法でも証拠をそろえれば、悪事を暴いてしまえるはずだ。

原作のお陰で、調べる事はわかっている。かなりのアドバンテージではあるが、なかなか油断は出来ない相手なのだった。

その後も何度かグロンド商会の人間が来たが、店を手放す気がないチェルドーテはそれらを断ってきた。

するとグロンド商会も手段を変えて、チェルドーテの店に対して仕掛けてきた。

商会のメンバーではなく、その辺の人間を使っての嫌がらせ。

店の前にゴミを撒くなどしながら、この街にあるグロンド商会の店では、魔道具関係の品物を赤字覚悟のセールにし始めたのだ。

目玉商品を赤字価格にして、他の商品で利益を得るというのは、推奨こそされない方法ではあるものの、ルール的に完全アウトというわけではない。

しかし明らかに、チェルドーテの店を意識しての行いだ。

彼女の店には、他の店では替えが効かない商品が多い。

それこそがグロンド商会も欲した、特定の職人の作る魔道具だ。

そのため、ここでしか手に入らない物を求めて店を訪れる人は、まだ十分にいる。

しかし、それでも売り上げが下がるのは避けられない。

当然、赤字である向こうも売れば売るだけマイナスではあるのだが、体力勝負に持ち込まれた場合は、元の資本が桁違いなグロンド商会が勝つだろう。

あまりいい方法ではないが、買収を断られたことへの嫌がらせとしては有効だった。

「何をしてくるかと思えば、って感じよね」

チェルドーテは多少困ったようにしながらも、グロンド商会のやり方に対しての怒りが大きいようだった。

「今のところはまだいいが、このまま続くとよくない流れだな」

「そうね。向こうのほうが金額的なダメージは大きいだろうけど、そもそもの資本が違うしね」

チェルドーテは、考え込むようにするが、資本の差はここからどうこうして埋められるようなものではない。

何にせよ、俺に出来るのは証拠集めだ。

グロンド商会が脅迫や贈賄によって力を得ていることを知っており、調べる範囲が限られているため、少しずつ証拠や証言を集められている。

本来なら絶対に表に出ない部分だから、調査は難しい。しかし原作知識でその過程をすっ飛ばせるため、なんとか証拠も集まっている。

それでも、グロンド商会が様々な問題をもみ消せるような存在であることにかわりはなく、厄介な戦いだった。

●

消耗品を赤字販売して削りにきていたグロンド商会だが、これまでの行いもあってチェルドーテの店を支持する人々も多く、商会が狙うほどには傾いていなかった。

それにしびれを切らしたグロンド商会は、嫌がらせを並行しつつ、さらなる攻勢にでてきた。

それは、本来ならこの地域には入荷しないような、優れた職人たちの魔道具を遠くから運び込み、それを破格で売るというものだ。

グロンド商会の赤字もこれまで以上に膨れ上がることになるが、チェルドーテの店の強みである優秀な魔道具を、しかも破格で持ち込むことによって、大打撃を与えることが出来る。

これには、さすがのチェルドーテも困惑していた。しかし同時に、やはりグロンド商会に対する怒りも大きいようだった。

「魔道具を不当な額で売るのは、錬金術師たちにとってもよくないことだわ」

錬金術師たちの技術も安く見る行為であり、赤字以上に世間に影響を及ぼす。

そんなことをしても、商会同士の共倒れはもちろん、錬金術師たちや魔道具市場全般までがパニックを起こしかねない。

一時的には安価に魔道具が手に入って嬉しいだろうが、錬金術士が倒れてしまえば、個人的な技術は全て失われかねないのだ。

「そこまではしないだろうけどね」

そう言いながら、チェルドーテは店を眺める。

グロンド商会のやり方は汚いが有効で、最近は客足も途絶えがちだ。

商品の価値を知る人々はチェルドーテの店に来てくれるが、破格で魔道具を売るグロンド商会の店へと流れている客も多い。

当然、売り上げは大きく下がり、これが続けば店は危ういだろう。

原作シナリオではこういった状況が続き、じわじわと追い詰められる様子が書かれていく。

その中でチェルドーテとさらに距離を縮めることにもなるのだが、しばらく状況は悪化の一途をたどるのだ。

もちろん、最後は絆の力による魔法でグロンド商会を打ち倒して、店にも客が戻りハッピーエンド、ということになる。

だが、魔法発動のためとはいえ、じわじわと悪化していく状況や、それに悩むチェルドーテを隣で眺めるだけの時間というのは、気分のいいものではない。

原作を知っていて、やりようがあるならなおさらだ。

こんな暗い状態は、原作知識でショートカットしてしまおう。

「だけど、まともな部分もある……ってこともなさそうよね」

「まあ、こんなことをしてくるグロンド商会が、まともな商売をしてるはずもないよな」

俺は店の前にぶちまけられたゴミを片付け終え、まとめて運びながら言った。

こういった嫌がらせはなかなか証明が難しいし、それこそグロンド商会なら簡単にもみ消せるような軽犯罪なので、こちらもいちいち訴えたり証拠を集めてはいない。

俺は裏で、もっと大きな脅迫事件や、贈賄の証拠集めをしているところだ。

それなりに時間をかけた甲斐もあって、不審な動きや証拠をけっこう集められている。

彼らと癒着していた者の中にも、証言を約束してくれた人間もいた。

……まあ、もちろんそれは善意とか良心の呵責というわけではなく、取引によるものだが。

外堀はすでに固めており、あとは裏帳簿の類《たぐい》を一部でも手に入れられれば、もはや言い逃れは出来なくなる。

現時点でも複数の証言や状況証拠はあるから、普通の相手なら追い詰められるが、なにせグロンド商会は貴族さえも買収している。その力を使って、他の店をスケープゴートにするなどの方法をとってくる可能性もあった。

しかし裏帳簿があれば、そういった手段も使えない。

他の用意はすんでいる。裏帳簿に関しては、俺が直接奪うのが手っ取り早いだろう。

さすがに帳簿を管理できるクラスの側近は、証拠を握って交渉したところで、こちらに寝返ることはないだろうしな。

大赤字を覚悟しての攻勢で、さすがにチェルドーテの店も厳しくなっている。

俺は最後の一手として、強引な手段をとることにしたのだった。

●

深夜、俺は金庫破りを行える男とともに、グロンド商会の建物へと近づいていった。

一等地と呼べるようなこの周辺は、大きな建物が並び、威圧感を放っている。

当然、門は硬く閉ざされており、正面から入るのは不可能だ。

敷地を覆う壁も五メートルほどはあり、よじ登るという訳にもいかない。

その向こうにある建物は、明かりが落ちていた。

門が閉ざされていることもあり、二十四時間厳重に警備しているわけではないようだ。

当然、現代のようにセンサーやカメラを設置してあって、警備が飛んでくる、というようなこともなかった。

グロンド商会に直接忍び込もうなんて人間がまずいない、というのも理由の一つだろう。

それにこの大きな門と塀で、たいていのものは遮《さえぎ》れる。

この街は比較的治安が良く、商会を狙うような泥棒もいないしな。

それでも、例えば派手に魔道具を使って正面突破をすれば、さすがに人が集まってきてしまうだろう。

それに、厳重ではないといっても、一応数人の警備員は建物内に詰めているようだった。

そのあたりの情報はすでに集めており、内部の地図も手に入れてある。

裏帳簿の正確な位置はさすがにわからないが、ほぼ間違いなく、重要書類などを保管する場所に置いてあるだろう。ゲームでも最終的にはそうだった。

裏帳簿は機密であると同時に、金の流れをチェックするためにたえず使うものでもある。

金庫には入れてあるだろうが、かといって日頃から、取り出すのが面倒な仕組みにしているとも思えない。

少なくとも直近のものを記した帳簿はそうだろう。

俺たちは裏口へと回り、表の大きなものとは違う、通用口へとたどりついた。

そこにも当然、普段は鍵がかかっているが、今日は違う。

あらかじめ手を打ってあり、そこの鍵は開いていた。

通用口は頻繁に使う場所ではないらしく、普段は施錠されっぱなしである。当然、施錠のチェックは行われるが、そのチェックも甘くなりがちだ。

俺たちはそこから、敷地内に潜入する。

原作通り、やや迷路のようにもなった庭が広がっていた。

垣根のように並ぶ緑は、季節によって美しい花で庭を彩る。

俺たちにとっては、建物の窓から身を隠してくれる障害物だった。

警備の定時見回りは、終わった直後の時間だ。

次の巡回まで、警備員たちは詰め所にいる。

もちろん、不審な音が響けば様子を見には来るだろうが、建物は十分に広く、詰め所から遠い位置ともなれば、ちょっとした音に気づくのは不可能だ。

俺たちはそのまま、垣根にそってぐるりと迂回した。

詰め所は通用口に近い位置にあるため、そこから離れる。

そうして、詰め所からは離れた位置にある窓へとたどりついた。

俺はテープを使って音や飛び散りを抑えながら窓を小さく割り、鍵を外して窓を開ける。

現代では度々紹介される手口だが、こちらではバレにくい。

あまり良い使い方ではない現代知識だな。

そのまま窓から侵入した俺たちは、地図に従って帳簿のあるだろう部屋へと向かっていく。

三階まで階段を上ることになるのだが、すでに明かりが落とされているため薄暗く、手探りで進んでいく。

金庫破りの相棒は、俺よりもさらに足音を殺しながら歩く。

彼の専門はあくまで金庫であり、普段から空き巣などを行うわけではないが、盗賊に近いジャンルのスキルは身につけているのだろう。

俺たちはそろりと階段を上がり、二階へと向かう。

そこまでは何の問題もなくたどりつけたが、二階から三階への階段は、そのままスムーズには繋がっていない。

おそらくはセキュリティ上、わざとなのだろう。

手に入れてあった地図によると、三階はある程度以上の役職のある人間と、その秘書に関連する部屋しかない。

不便に見えるが、それによって他の人間が気軽に入っていけないようにしてあるのだろう。

大きな商会だ。内部に、よからぬことを考える人間が紛れ込むことも珍しくはないはず。

俺たちは廊下を進み、三階へ続く階段へとたどりついた。

階段は周囲からの見通しが良く、ここを上がろうとする者がいれば、比較的発覚しやすい。

忍び込むには厄介な作りだと言えるが、それも昼間に人が多くいればこそだ。

今は、この建物にいるのは、数人の警備員のみ。

見回りも、この時間は詰め所にいる。

一階の端にある詰め所とここではあまりにも遠く、見通しがいいといったところでさ、すがに察知できるはずもない。

俺たちは階段を上り、三階へとたどりつく。

「金庫はこの先だな……」

俺たちは長い廊下を抜け、奥まったところにある部屋へとたどりついた。

そして部屋の中から、さらにその向こうへと続くドアをくぐる。

そこには棚がいくつも置いてあり、ずらりと書類が並んでいる。

さらに、小さな金庫がいくつかあった。

原作知識によれば、現金や換金が容易な品物は別の部屋に保管されており、ここは帳簿などを含む、社外秘の書類ばかりが置いてあるらしい。

「それじゃ頼む」

俺の言葉にうなずいて、男はさっそく金庫の解錠に取りかかった。

どの金庫に何が入っているかまではわからないため、開けてみるしかない。

数えると金庫は五つあり、運によってはそれなりの時間、ここで過ごさなければならない。

一つの金庫にかかる時間は、俺には判断がつかない。

最悪の場合、次の見回りに引っかかる可能性もある。

そうなれば非常に厄介だ。

荒事になるのも、それで帳簿が手に入るならばまだいいほうで、見つけきれないまま逃げ出すことになれば、同じ手段はもう使えないだろう。

主人公ならば、こんなことはしない。

最後に魔法で解決する、ということもあるが、たとえ目的が達成できなくとも、最後まで正攻法であがくだろうな。

しかし同じポジションにはいても、主人公ではない俺にとってはこれが最適解である。

今の自分に出来ることの最善が、この薄暗い建物内での金庫破りだ。

「開きました」

「わかった。次のも頼む」

「はい」

彼が二つ目の金庫に取りかかり、俺は金庫の中にあった書類に目を通していく。

さすがに最初から当たりとはいかなかったようだ。

中に入っていたのは、主に土地関連の書類と、その分析だった。

グロンド商会はこの街はもちろん、様々な地域に店を構えている。

ここにあったのはそれらの契約書類や、出店場所に関するデータなどだ。

この世界では、他の街の情報一つとっても、現代に比べれば格段に手には入りにくい。

チェーン的な出店に関するノウハウも少ないだろう。

そういう意味で貴重な資料であることに間違いはないが、今の俺がこれを見てどうこうできるものでもない。

金銭に関するものがないかざっと目を通すものの、ジャンルも違うしそういった情報は得られなかった。

「開きました」

「ありがとう」

次の金庫が開き、俺はそちらの資料へと取りかかる。

カチ……カチ……と金庫のいじる音と、紙をめくる音だけが響く、静かな場所。

月明かりは差し込むもののランプは灯っておらず、薄暗い。

そんな中でこそこそと資料に目を通していく。

二つ目の金庫に入っていたのは、他の商人や貴族に関するものだった。

グロンド商会が脅迫や交渉の材料に使うような、他者の秘密なんだろう。

これもまた貴重な情報だが、今すぐなんとかしなければいけないのはグロンド商会なので、ここにある資料では役立たない。

俺が欲しいのは、グロンド商会自体を追い詰めるための秘密だ。

次の見回りまではまだ時間があるものの、二連続で外したことで、不安も湧き上がってくる。

必ずここに、裏帳簿がある。

そう思って侵入してはいるが、本当にあるとは言い切れない。

他の場所に隠している可能性もゼロではないのだ。

本当の主人公ではない俺に、真の主人公補正があるとはかぎらない。

だが、もうサイは投げられている。

俺は不安を押し殺し、この場で出来ることを考えるのだった。

「開きました」

そして三つ目の金庫が開く。

俺は中の資料を手にし、力強くうなずいた。

「これだ」

三つ目の金庫の中にあったのは、金の動き。

それも明らかに表に出せないような、買収やキックバックについてのものが含まれている。

俺はそれらの帳簿をまとめ、しっかりと手にする。

「よし、出よう」

彼は残っていた金庫から手を離し、うなずいた。

俺たちはそのまま、廊下へと戻り、階段を下る。

見回りの時間までは、まだ余裕があるはずだ。

二階の廊下はとても静かで、俺たちは足音を殺しながら階段へと向かう。

一階もまた、人の気配はない。詰め所は遠く、お互いに把握は出来ない位置にある。

屋敷に入ってきた窓から出ると、安心感が湧き上がる。

いや、まだ早い。

俺たちは垣根に身を隠しながら、通用口へと戻っていった。

そのままグロンド商会の敷地を出ると、足早にそのエリアを離れていった。

「ありがとう、助かった」

お礼をいって、金庫破りの彼と別れる。

俺はグロンド商会の帳簿を抱えて、道を歩いていった。

これだけの証拠と証言があれば、グロンド商会を落とせる。

そうすれば、チェルドーテの店は一安心だ。

決して、主人公のようなやり方ではなかったが、重要な目的は達成できるだろう。

●

それからの動きは早かった。原作通りともいえる、あっさりさだ。

言い逃れできない不正の証拠を突きつけられたグロンド商会には、すぐに捜査の手が入り、そのまま上層部が逮捕され、急激に衰えていった。

脅されていた者や、配下になって甘い汁を吸っていた者たちもすぐに逃げ出し、商会は一気にその権力を失っていった。商会の店も当然そのまま営業することは出来ずに撤退。

あまりの急激な展開に、一部では混乱も起きていた。それも徐々に収まっていき、チェルドーテの店は元通り……よりも少し賑わうことになったのだった。

グロンド商会の客たちが、他の店にそれぞれ散っていった結果だろう。

問題行動も多くあったグロンド商会だが、商品の豊富さと便利さもあって、消えることを惜しむ声もそれなりにあった。

ともあれ、チェルドーテの店は問題なく営業できるようになり、無事に守られた。

主人公ならとらないような手段ばかり使ったが、結果としては大満足だ。

忙しく働くチェルドーテを微笑ましく眺め……てばかりいる暇もなく、俺も働きながら、そう思うのだった。


「ね、タズマ、今日はあいてる?」

店を閉じた後、チェルドーテが声をかけてきた。

「ああ。予定はないけど」

俺が言うと、彼女はうなずいた。

「それじゃ、一緒に夕食にいきましょう」

美女からのお誘いは、もちろんオーケーだ。

彼女と一緒に、レストランへと向かう。大衆向けのところではないが、かしこまるほどの高級店でもない、といった具合の店内だった。

気張らないデート、と考えるとなかなかにいい気分だ。

「ありがとうね」

注文を終えて料理を待つ間、チェルドーテはそう言った。

「グロンド商会をなんとかしてくれたの、タズマでしょ？」

彼女の言葉に、俺は一瞬返答に詰まるが、素直に認めることにした。

「あまり、褒められたやり方じゃなかったけどな」

裏帳簿のたれ込みによる強制捜査。

帳簿は匿名で送られたというのが公式発表だし、グロンド商会内部の人間含め、ほとんどの者は誰が役人に持ち込んだのかわからないだろう。

その「裏切り者」を探すような余裕もなく、商会の上層部たちは逮捕されたわけだが。

裏帳簿にかかわる内部の人間が良心の呵責から行ったならともかく、盗み出して暴露したとなれば、それはそれでアウトな行為だ。

忍び込んで無理やり金庫を開けたのだから、決して褒められた行動ではなかっただろう。

「ほんとうに、ありがとう」

再びそう言って、彼女は笑みを浮かべた。

「あの店はあたしにとって、生まれ育った場所でもあるしさ」

そう言って、遠くを見つめる彼女。

父親から受け継いだ店であり、実家でもある場所。

そこに対する思いは、俺ではうかがい知れないが、大きなものなのだろう。

主人公のようにスマートにはいかなかったが、こうして一安心している彼女が見られるなら、よかったと思える。


食事を終えた俺は、そのままチェルドーテの家へと呼ばれた。

お茶を淹れてもらって、のんびりと過ごす。そして彼女が、こちらへと身を寄せてきた。

「ね、タズマ」

俺を見つめて、小さく言う彼女。

綺麗な顔が側にあり、思わず見とれていると、そのまま顔を近づけてきた。

「ちゅ♥」

軽くキスをして、至近距離で見つめてくる。その目は色っぽく潤んでおり、セクシーだ。

吸い寄せられるように、今度は俺からキスをした。

「んっ……♥」

再び彼女からキスをしてきて、舌を伸ばしてくる。

「れろっ……んっ……」

俺はそれを受け入れ、舌を絡め合う。

「んぁ、ちろっ……ちゅぽっ……」

水音を響かせながら、舌を愛撫していく。唾液を交換するように舌同士を絡め合った。

「ん、はぁ……♥」

口を離すと、彼女は赤い顔でこちらを見つめる。

そのままベッドへと向かい、俺たちは抱き合いながら倒れ込んだ。

「んんっ……」

俺の上に跨がった彼女が、胸からお腹へと身体を撫でながら下へと向かっていく。

「タズマ……」

そしてズボン越しに、股間を撫でてくる。

「ここ、膨らんでる」

彼女とのキスで反応しはじめていたそこを、チェルドーテは撫で回してきた。

「こんなにズボンを押し上げて……」

彼女の手がきゅっと肉竿をつかむ。そのまま、ズボンの上から軽くしごいてきた。

「ああ……」

チェルドーテは俺のズボンへと手をかける。

俺が腰を浮かせると、彼女はそのままズボンを下着ごとずりおろしていった。

「わっ、もうすっごく元気……♥」

彼女は跳ね上がるように飛び出した肉棒を、うっとりと眺めた。

そしてその幹へと手を這わせる。

白い手が肉竿をなぞり、淡い快感を送り込んでくる。

こちらを見つめながら、彼女も衣服を脱いでいった。

たぷんっと揺れながら現れる、大きなおっぱい。

爆乳に目を奪われていると、チェルドーテは自らの手でそれを持ち上げるようにした。

ボリューム感と柔らかさをアピールするように、たぷんとかたちを変えるおっぱい。

思わず目を奪われていると、彼女はその爆乳を俺の股間へと寄せてきた。

「タズマが好きなこのおっぱいで、勃起おちんちんを、えいっ♪」

「うぁ……それはっ……」

むにゅんっ、と柔らかな膨らみが、肉竿を包み込んだ。

爆乳に挟み込まれる気持ちよさはもちろん、チェルドーテが自分で肉竿を挟み込んでいる光景もあまりにエロい。

左右から両手で支えられた胸が、ぐにゅっとチンポに沿ってかたちを変えていく。

その絶景は興奮をさらに高めていった。

「ん、硬くて熱いのが、あたしの胸を押し返してきてる……むぎゅー♪」

さらに胸を押しつけ、挟んだ肉棒を刺激する。

柔らかな圧迫感が心地いい。

「こうして、むにゅむにゅーって刺激すると、んっ♥」

彼女は両手でその乳房を動かしていく。

乳肉が強弱をつけながら肉竿へと快感を送り込んできた。

チェルドーテのパイズリで、興奮と気持ちよさが膨らんでいく。

「ん、しょっ……えいっ♥」

俺はその快楽に浸っていくのだった。

「これ、すっごくえっちよね。あたしの胸に挟まれたおちんぽが、んっ、ちらちらと見えたり、おっぱいに隠れたり……♪」

彼女は爆乳を動かし、谷間に現れる肉竿に熱い視線を注ぐ。

「先っぽから、んっ、とろとろのお汁が出てきてる……」

先走りを使い、さらに大胆に胸を動かしていった。

「んっ、胸のところ、ぬるぬるしてきて、んっ♥」

チェルドーテは胸元を寄せ、こねるような動作をした。

それによって柔肉に包み込まれた肉棒が、しごき上げられる。

「うぁ……」

「ガチガチのが、ん、おっぱいを押し返しながら、ふぅっ♥」

おっぱいご奉仕のエロさと気持ちよさ、そしてチェルドーテの色っぽい様子に、射精感がこみ上げてくる。

「チェルドーテ、そんなにされると……」

「ん、おちんぽ、先っぽが膨らんでる……ん、しょっ……」

彼女はさらに胸を動かし、肉竿を追い込んでいく。

爆乳おっぱいが肉棒を柔らかく包み込みながらしごき、むにゅむにゅと密着して快感を送り込んでくる。

「あぁ、出るっ……！」

「きゃっ！　あっ、すっご……♥」

肉竿から精液が飛び出してくる。

それは胸の谷間から吹き上がり、彼女の顔とおっぱいを白く汚していった。

「熱くてどろどろのが、こんなに……れろっ♪」

口元へと飛んだ精液を舐め取るチェルドーテ。

その仕草はエロい。気持ちよく精を出しながら、そんな光景を眺めていた。

最後にきゅっと爆乳で肉竿を絞るようにすると、彼女は胸を開いて肉棒を解放した。

柔らかな圧迫から解き放たれ、俺は快楽の余韻に浸りながら、彼女を眺める。

チェルドーテはそんな俺の目の前で、服を脱いでいった。

パイズリのために爆乳があらわになっていたが、今度は全部だ。

俺がそのストリップに見とれている内に、彼女は下着をずらしていき、生まれたままの姿になった。全裸になった彼女は、四つん這いになってこちらへと近づいてくる。

服を脱ぎさる際に拭き取られたのか、その顔に精液はもうない。

先程まで俺の肉竿を挟んでいた爆乳が、四つん這いになることでずっしりと重力の影響を受けている。

「ね、タズマ」

発情した顔でこちらを見つめるチェルドーテに、欲望の滾りを感じた。

俺は身を起こして、彼女の後ろへと回り込む。

四つん這いになっているチェルドーテの、丸いお尻が目に入った。

そのお尻へと手を伸ばす。

「あんっ……」

彼女は可愛らしく声を漏らし、身体を動かした。

軽く開かれた足の付け根では、オマンコが濡れているのがわかる。

俺は指先を割れ目へと這わせた。

「んんっ♥」

チェルドーテは気持ちよさそうに声をあげ、身を震わせる。

それと同時に、とろりとした愛液が俺の指を濡らした。

こちらはもう十分に準備が出来ているようだ。

俺はその細い腰をつかむと、剛直を膣口へと押し当てた。

「あっ、タズマの、硬いのが……」

「ああ、いくぞ」

「んんっ……♥」

そしてそのまま腰を押し進める。肉棒が膣道をかき分けて、侵入していった。

「あっ、中、んはぁっ……！」

熱くうねる膣内が、肉棒を迎え入れる。

もうぐっしょりと濡れている蜜壺が、喜ぶように肉竿を締め付けてきた。

体温に包まれる気持ちよさを感じながら、俺は腰を動かし始める。

「あっ、ん、はぁっ……！」

膣内を往復すると、襞がこすれ、彼女が声をあげていく。

「んぅっ、はぁっ、あんっ♥」

四つん這いの彼女がピストンにあわせて身体を揺らしていった。

その淫らな姿に昂ぶり、ますます抽送を続ける。

「んぁっ、あっ、ああっ！」

丸みを帯びたお尻をつかみ、腰を振っていく。

蠢動する膣襞が肉竿を擦り上げ、互いの気持ちよさを膨らませていった。

「あっ、ん、はぁっ！」

尻肉が指で形を変えている様子もエロく、俺のピストンが加速する。

「あぅっ♥　あぁっ、それ、奥まで、んはぁっ！」

四つん這いの彼女が嬌声をあげながら、俺のモノを締め付けてくる。

「んはぁっ、あっ、後ろから、んぁっ、ガンガン突かれて、あたし、んぁっ♥」

可愛らしい声を出しながら、しっかりと感じているようだった。

うねる膣襞が肉竿を締め付け、しごき上げる。

その快感に、腰振りが止まらない。

「んあああっ！　あっ、そんなにされたら、あっ、もう、イクッ！」

彼女は喘ぎ、きつめの膣内がきゅっきゅと反応する。

俺はそのままピストンを続け、彼女の奥を突いていった。

「んはぁっ、あっ、ん、くぅっ♥　オマンコ、突かれて、イクッ！　あっあっあっ♥」

乱れる彼女の膣内を往復し、膣内をかき回す。

「あっ、ん、はぁっ、イクッ、も、イっちゃうっ！　ん、あぁっ、あっ♥」

チェルドーテは快楽に身を任せて、その身体を揺らしていった。

「すごい締め付けだな。そんなにおねだりして……」

「んはぁっ♥　あっ、だって、気持ちいいから、ん、んぁっ♥　タズマのおちんぽ♥　あたしの奥までいっぱい突いて、ん、はぁっ！」

俺は快楽に蕩けるチェルドーテへと腰を打ち付けていった。

「んはぁっ、あん、あっあっ♥　イクッ、もぅ、オマンコイクッ！　んぁ、あっあっ、イクッ、イックウウゥゥウッ！」

「うぉ……！」

彼女が背中をのけぞらせながら、絶頂を迎える。

膣内がこれまで以上に締まり、肉棒を締め付けた。

それは精液をねだり、搾りとるかのような動きだ。

ぎゅうぎゅう締められるオマンコに、俺も限界を迎える。

「出すぞ！」

どびゅっ！　びゅくっ、びゅくんっ！

「んはぁぁぁっ♥　あっ、中、熱いのが、びゅくびゅくっ、んはぁっ……♥」

そのまま彼女に中出しをすると、チェルドーテはさらに嬌声をあげて震える。

「あぁっ♥　イってるオマンコに、せーせき、びゅくびゅく出されて、んぁっ、ああっ！」

中出しを受けてさらに感じ、身体を震わせる彼女。

俺はその膣内に、しっかりと精液を注ぎ込んでいった。

「んはぁ……♥　あっ、んっ……」

そして放出を終えると、肉竿をずるっと引き抜いていく。

「あふっ……♥」

彼女はそのまま、ベッドへと倒れ込んだ。

射精の気持ちいい余韻に浸りながら、俺はそんなチェルドーテを眺めるのだった。

第三章　ファータの魔法

原作とは違う邪道な方法ではあったが、チェルドーテの問題は解決した。

彼女の問題は、本来は相手にならないような組織に対するものだった。

もっといろいろと厳しいイベントもあったのだが、俺が一気に潰してしまったので、それも回避できている。

魔法を使うまでもなかったので、まずは一人目の目標はクリアだ。

ゲームではもっと大きな事件が起こり、その解決にも魔法が必要だったのだが、なんとかなった。

ともあれ、チェルドーテルートの問題に関しては、そういった強引な手段でも解決できたので、魔法が必須ではなかったな。

原作知識も十分に役立ってくれた。

となれば、次ぎに進もう。

ステラルートに関しても、同じように進めたい。

ステラのルートでの魔法は、魔道具作成関連の事故によるイベントで使用される。

だからそこに気をつけていれば、防げる可能性は十分にある。

とはいえ、これも本編と同じタイミングでの事故ならともかく、四六時中防げるわけでもない。

商会が登場するタイミングも、ゲームより早かったしな。

となると、かなり注意が必要だ。錬金術の事故が起こってしまえば、解決に魔法が必要になる。

いま思いつく回避策としては、どうにか説得して、彼女が錬金術師を辞めるように仕向けることだろう。最低限でも実験を諦めさせなければいけないが、それだけでは足らないかもしれないのだ。

彼女の事故の原因は、心理面によるところが大きい。

そのことが、このエロゲー世界においてはプラスに働くだろう。

ゲームとは違う状態になった、ヒロインたちの変化。

それはエロさが増しているだけのようだが——それが一番大きな変化ではあるのだが——同時にタズマとの心の距離の縮まり方も加速しているようだ。

そのことで、彼女たちの行動の優先順位にも差が出てきている。

例えばステラは、確かに原作でも主人公に最初から好意を抱き、他のヒロインよりも懐いてくるキャラだった。

だがそれも研究のほうが優先され、息抜きや食事のときにいてくれると嬉しい、といった程度だ。

しかしこの世界のステラは、スケジュールにさえ余裕があれば、魔道具作成より俺との時間を優先してくれる場合が多い。

これは原作の彼女とは、かなり違う行動だった。

それ以外でもステラに限らず、彼女たちの行動は、エロが常に優先されている。

原作では色気より食い気といった感じだったシーンでも、この世界ではエロが優先される。

エロい美女たちに迫られるのだから、俺としては非常にありがたい話だが、ストーリー上重要なのはそこじゃない。

行動の優先順位の変更は、シナリオに大きな影響を及ぼす。

原作では、彼女たちにとって一番重要なものを捨てきれずに、バッドエンドに流れるケースがあった。そこに至る可能性が下がる、というのは大きい。

チェルドーテの場合なら、本来であれば店――というかそれに象徴される思い出に拘った。

ステラの場合は、魔道具作成にかなりの比重がある。

その優先順位が変わることで、問題が起こったときも、バッドエンド直行ではなくなる。

そうなれば、どうあっても問題解決に魔法が必要なのは、メインヒロインのファータだけにできるかもしれない。

彼女だけは、問題そのものが魔法の才能由来だ。

原作知識を元に手を回して、どうこうできる状態にはない。

もっと世界に干渉できるなら変わるかもしれないが、少なくとも物語を知っている程度ではどうしようもなかった。

なぜならファータは、物語開始以前にすでに事故に遭っており、今も意識を取り戻してはいない。

主人公の前に姿を現しているのは、かつての約束による不完全な魔法の発現ゆえだ。

先日出会った彼女も、まさにそう。本体ではないのだ。

解決までの制限時間もあり、ファータルートでは不完全な魔法のほころびによって消えていく彼女を救わなければいけない。

それはつまり、主人公の力と合わさった完全な魔法で彼女を復活させる、ということだ。

純愛系泣きゲーなので、かなりの紆余曲折がある。その過程でも散々、ユーザーは泣かされることになるのだ。泣き系としても、なかなかにドストレートな展開だった。

魔法以外では解決しようがない。

シナリオ自体が、メインヒロインであるファータから組み立てられているだろうからな。

このまま進めても、俺がファータルートに入り、仮初めの魔法が揺らぎ始めるのはまだ先のはず。

だがチェルドーテの件もあるし、ステラとファータも、前倒しになる可能性は十分にある。

俺はここからは特に、ふたりへと注意を払うことにしたのだった。

●

街中を歩いていると、向かい側からファータがこちらへと歩いてきた。

彼女は俺を見かけると小走りになって、近寄ると手を振ってきた。

「タズマくんっ！」

彼女は俺の目の前で、急ブレーキをかけるようにして止まる。

その子犬っぽさは微笑ましいものだ。

「今日も元気だな……」

あまりテンションの高くない俺からすると、まぶしい限りだ。

ただ、自分にはないものであるからこそ、そんな明るさは見ていて心地いい。

「タズマくんと会うようになってから、なんだか力があふれている気がするんだよね」

「なんだそりゃ」

主人公らしくそう口にするものの、事情を知っている俺はその理由もわかっている。

彼女を支えているのは、主人公との約束だ。

「タズマくんは何をしてたの？」

「仕事のお使いを終えて、帰るところだな」

俺は手にしたバックを掲げる。

そこにはちょっとした文房具などが入っていた。

魔道具そのものは、チェルドーテと一緒に職人の元に引き取りにいくのだが、こうした普通の買い出しは、基本的に俺の仕事だ。

急《せ》かされてはいないが、一応は仕事中だということもあり、店に戻りながらファータと並んで話をする。

「ファータは、どこかへ行く予定があったんじゃないのか？」

向かいから歩いてきたのだから、本当は行き先も、俺とは反対方向ということになるはずだ。

「ううん。別にちゃんとした目的があったわけじゃないよ」

「ふうん……」

ファータルートのことは、それなりに覚えている。

だから今の彼女が、不完全な魔法によって成り立っている存在だということは知っているが、どう暮らしているかについてはよくわからないな。

原作でも、日常について言及されていただろうか？

俺が忘れているだけなのかもしれないが、あまりその辺は語られていなかった気もする。

タズマと会っていないときのファータは、どんなふうに過ごしていたのだろうか。

なにせ【トリルフーガ】をプレイしたのはかなり前のことなので、主なイベントだけは覚えているが、細部はどうしても曖昧だった。

本来ならまだタズマは知らないことだが、ここにいる彼女はあくまでも生き霊のような存在だ。

元気なように見えても——彼女自身は元気なつもりなのだろうが——それは見せかけのもので、本当に健康なわけではない。彼女の本来の身体は、病院にいるはずだ。

「タズマくんは忙しいの？」

ファータの疑問に、俺は少し考えてから答える。

「そこまでじゃないかな。最近は店も賑わってきたけど」

前世のブラックっぽさを考えれば、激務というほどではない。

この世界は、全体的な時間の流れが緩やかだからな。

「仕事を探してるなら、チェルドーテに聞いてみようか？」

店自体の賑わいもそうだし、チェルドーテは顔が広い。

ファータのような、若い女性の店員を探している店だって見つかるだろう。

チェルドーテはかなり面倒見がいいからな。

ファータはちょっと世間知らずな部分はあるものの、明るくて素直なため、すぐになじむことが出来るだろう。

「仕事……お仕事か……」

ファータはそこで、考え込むような様子を見せる。

そんな彼女を見て、少しずつルートについての情報を思い出していた。

本来なら意識不明で入院中の彼女は、当然、どこかで働いてはいない。

仕事の話は、彼女の意識に違和感を芽生えさせるかもしれない。

そうした違和感の積み重ねから、彼女自身が自分は入院中であり、自由に動けているのが不思議なことなんだと認識するのが、ストーリー進行に必要となる前提条件だ。

好感度が上がってルートに入るタイミングで、ファータはバイトを始める。

「うん、そうだね。せっかくだから、お願いしようかな」

「それなら、このまま一緒にチェルドーテのところへと向かうか」

そうして俺たちは、チェルドーテの店へと戻っていった。

チェルドーテにファータが仕事を探しているという話をすると「そうなの？　ちょうどいいし、うちで働く？」ということで、あっさりと決まったのだった。

●

チェルドーテは店主にして看板娘だ。

忙しくなってきた最近はすることが増えていたので丁度良い、ということだった。

ファータなら人当たりもいいし、店員としては申し分ない。

チェルドーテは裏で仕事をしつつ、これまでより頻度は下がるが、店にも立つ。

俺は忙しくなった分、経理や魔道具の在庫管理などを行っている。

職人とのやりとりに関しては、やはりチェルドーテとの信頼関係が重要なので、そちらは彼女の担当だ。

開店前の店内。

俺が商品の補充や管理をしている横でファータには、チェルドーテによる店員としての基礎指導が行われていた。

「商品の価格は重要だから、とにかく覚えてね……あとは……」

教えてもらうことを、真剣な顔で聞いているファータ。

日頃はニコニコしているファータの、そんな真剣な顔は少し新鮮だ。

微笑ましい感想を抱きながら、俺も自分の仕事へと戻る。

補充する品をリストアップし、倉庫へと向かう。

商品を探す間も、店のほうからはチェルドーテの説明が聞こえてきていた。

しばらくして再び店内に戻ころには、ファータが実際に接客をしていた。

「そうそう、完璧ね」

素直で覚えもいいらしく、チェルドーテに褒められていたのだった。

●

休日になり。

バイトにも慣れ始めてきたファータと、街へ出ることにした。

「デートだねっ、なんだかドキドキするよっ」

元気にそう言うファータ。

そう言われると、こちらも少し意識してしまう。

色気的なものは少ないが、明るく可愛い女の子とのデートとなれば、テンションも上がる。

メインヒロインとのデートとなれば、経験のなかった前世なら確実にあたふたしてしまうところだろうが、今の俺は成長しているので、多少はマシだろう。

石畳の道を並んで歩いていく。

「大通りだと、人も多いね」

「ああ。はぐれないようにな」

「むぅ、わたし、そんなに子供じゃないしっ！」

軽く頬を膨らませる姿も可愛らしいが、やはり子供っぽい。

まあ、ファータは眠ったままの時間も長いし、実際に精神年齢が低めなのは仕方のないところだろう。記憶こそないが、設定上は幼馴染みだしな。

そういう俺だって、前世の分を踏まえても、かなり精神年齢が幼いほうだろう。

「わ、お店がいっぱい」

大通りから広場へと出ると、そこに面した店とともに、小さな屋台も並んでいる。

「タズマくん、いこっ！」

そう言って俺の手をきゅっと握るファータ。

女の子の柔らかな手に触れられてドキリとするが、すぐに引っ張られ、広場の中心へと連れて行かれる。

なんだか小さな子の面倒を見ているみたいだが、その無邪気さはまぶしく、魅力的だ。

彼女は焼き菓子の屋台へと向かうと、さっそく購入した。

原作でもそれを持った立ち絵があるくらいのファータだが、甘いもの好きはこの世界でも変わらないようだった。

彼女はほくほく顔でそれを頬張る。

その様子はなんだか小動物っぽい。

「このあたりって、すごく華やかだよね」

「そうだな。ここはそこそこ大きい街だしな」

「わたし、他の街って行ったことないや」

ファンタジー世界としてはかなり平和な部類で、流通もわりと問題のないこの世界だが、さすがに現代ほど気楽に移動できるわけではない。

三分おきに電車が来るとか、埼玉から東京を抜けて神奈川まで一本で行けるような交通網を望むわけではないが、魔道車だけでは限界があった。

空路は当然ないし、基本的には魔道車による街道の移動だけなのだ。

馬車よりは速いし、馬を休ませる必要がないことから便利ではあるが、舗装の問題もあって、現代の自動車ほど楽に移動できるわけでもない。

そのため、他の街へわざわざ行くこともなく、生まれた街で一生を過ごすなんてことはざらだ。

特に、ここのように大きめの街であればなおさら。

これがもし小さな村であれば、出稼ぎやでの移動や、都会で一旗上げようといった若者もいるが、大きな都市に生まれるとその必要もないしな。

そんなわけで、ファータが街から出たことがないのも、普通のことだった。

俺ことタズマは、この街を一度は離れてから戻ってきたわけだが、そのほうが少数派だ。

彼女の場合は、街を離れられない事情もある。

「ファータは、他の場所へ行きたいって思うのか？」

そう尋ねると、彼女は首を横に振った。

「ううん。わたしはこの街が好きだし、離れたいとは思わないかな」

そう言って笑みを浮かべる。

そして、ぎゅっと俺へと抱きついてきた。

「それに、タズマくんもいるしねっ」

「……おう」

短く答える。

抱きついてきた彼女の柔らかな胸が俺の身体に当たっていた。

ファータは特にそれを意識している様子はなく、ただ俺に抱きつくのが楽しいというように、そのままするすりと身体を動かしてきた。

それも小動物っぽいといえばぽく、他人事なら微笑ましいところだが……。

そんな子供っぽい仕草とは裏腹に、女性らしい身体のファータに抱きつかれてすりすりされると、男としての反応が優ってしまう。

「タズマくんにぎゅーってするの、なんだかいいね」

そう言ってくっついたままのファータ。

こちらとしては、もちろん幸せではあるのだが、欲望を抑えるのが大変だ。

そんな俺の苦労など知らない様子で、彼女はいちゃいちゃとしてくるのだった。

原作では……どうだっただろう。

そんなことを考えて気を紛らわせるようにしつつ、結局その柔らかさと温かさに、俺の意識は引っ張られるのだった。

やはり原作よりスキンシップも多く、エロさに寄っている。

一緒に居る時間が長くなるほどにそれを感じていた。

ファータに抱きつかれ、身を寄せ合っているとどんどんと意識してしまう。

「ね、タズマくん」

その様子に感づいてか、或いは抱きつくことで彼女も意識したのか。

少し顔を赤くした彼女がこちらを見つめる。

「タズマくんの部屋に行ってみたいな」

普段より少し落ち着いた声でそう言われ、俺は小さくうなずくと、彼女を部屋へと連れていくのだった。

●

そんな雰囲気で部屋に入ったため、俺たちはさしたる前置きもなく、ベッドへと向かった。

「わっ、すっごく、ドキドキするね……」

ファータはそう言いながら、ベッドの側で俺を見つめる。

そんな彼女を抱き寄せると、ファータはおとなしく俺の胸へと飛び込んできた。

「…………あぅ」

そして顔を赤くして、上目遣いにこちらを見つめる。

俺はそんな彼女に、優しくキスをした。

「んっ……」

彼女は目を閉じながらそれを受け入れ、唇が離れると目を開ける。

至近距離で見つめてもやはりファータは可愛らしく、再びキス。

「ちゅ……ん、はぁっ……」

俺は彼女を優しくベッドへと押し倒した。ファータは抵抗せずに仰向けに倒れ込む。

間違いない。この世界では少しでもフラグが立つと、ヒロイン側がセックスを望んでいる。

純愛系ヒロインだから、きっとこれはタズマだけの特権。俺にだけ反応している。

ベッドの上で熱く見つめてくる彼女の瞳が、潤んでいてとてもセクシーだ。

緊張に少し身を固くしている様子も、欲望をくすぐる。

そして呼吸に合わせて上下する胸。

俺はそんなファータに覆い被さるようにして、ベッドへと上がった。

「タズマくん……」

呟いて見つめる彼女の頬を優しく撫でる。

なめらかな肌を感じながら、その手を首元のほうへ。

「んっ……」

くすぐったいのか、少し身体をずらすファータ。

そんな彼女の首筋を撫でて、服へと手をかけていく。

「脱がすぞ」

「うん……」

小さくうなずいたのを確かめて、俺はファータの服を脱がせていった。

胸元をはだけさせると、彼女の大きな胸が揺れながら現れる。

ぷるんっとこちらを誘うおっぱいに吸い寄せられるように、その双丘へと手を伸ばした。

「あっ……」

むにゅんっ……。

柔らかな感触が手に伝わってくる。

ファータの大きな生乳を、そのまま揉んでいった。

俺の手でかたちを変え、指の隙間からあふれる乳肉。

そのいやらしさと柔らかさを堪能しながら、指を動かした。

「んぅっ……はぁ……タズマくんのえっちな手が、わたしの胸、んぁ……♥」

むにゅむにゅと揉んでいくと、ファータの口から甘い声が漏れてくる。

俺はその心地いい響きを聞きながら、愛撫を続ける。

「あっ……♥　ん、ふぅっ……」

彼女はそれを受け入れ、感じてきているようだ。

「乳首、反応してるな」

そう言って、双丘の頂点でつんと尖っている乳首に触れる。

「ひゃうっ！　そこは、んっ♥」

指先で乳首をいじっていくと、ファータは敏感な反応を見せる。

それを楽しむように、俺は両乳首を指先で転がして刺激する。

「んぁっ、それ、あっ、えっちだよぉ……♥」

「そう言うファータこそ、すごくえっちになってるぞ」

さらに乳首への愛撫を続けていくと、彼女は可愛らしく反応していった。

「んぁ……あっ♥　そんなに、あっ、乳首、いじられると、わたしっ……んはぁっ！」

悩ましい声をあげ、身体を反応させるファータ。

その淫らな姿を楽しみ、愛撫を続ける。

「あっ、ん、はぁっ……わたし、ん、くぅっ！」

反応のいいファータを眺めながら、次はその乳首に舌を伸ばしていった。

片方の乳首を指でいじり、もう片方を舌先で愛撫する。

「ひゃんっ♥　あっ、んあぁっ！」

「んはぁっ、ん、そんなに、ぺろぺろしないでぇ……♥」

可愛らしく感じていくファータ。

そんな風に言われると、むしろもっと責めたくなってしまう。

「あっ♥　ん、はぁ……乳首、舐められて、わたし、ん、あっあっ♥」

乳首責めで感じていくファータ。

「んぁっ♥　あっ、ん、だめっ……わたし、ん、はぁっ、イクッ！　イっちゃうっ……！」

両乳首をそれぞれに愛撫され、彼女の嬌声が盛り上がってくる。

「あっあっあっ♥　乳首で、んっ、イっちゃうっ♥　あっ、ん、はぁっ！」

快楽に身体を跳ねさせるファータ。

そんな彼女の乳首を吸い、舌先で転がし、指先でいじる。

「ああっ！　んぅっ、はぁ、イクッ！　ん、イクゥッ！　んあぁぁぁぁっ♥」

大きく喘ぎながら、ファータがイクのがわかった。

「あっ、ああっ……♥」

余韻のまま、ビクビクと身体を震わせている。

彼女の乳首から口を離すと、残る服へと手をかけた。

「んっ……はぁ……♥」

快感で荒い息をもらしてるファータの衣服を、どんどん脱がしていく。

彼女はぼんやりとした様子で、それを受け入れていた。

瞬く間に、彼女が身にまとうのは、小さな下着一枚になってしまう。

下着はすでに愛液がしみ出し、濡れて張り付いていた。

ぴっちりとくっついて、割れ目のかたちをあらわにしてしまっている。

そのエロい様子に、俺の滾りももう、ズボンを強く押し上げている。

俺はその最後の、小さな布へと手をかけた。

「あっ……」

快楽の波が少し落ち着いた彼女が、下着に手をかけられて恥じらいを見せた。

きゅっと足を閉じようとするのを、身体を入れて阻止して、ショーツを脱がせていく。

「あぅっ……」

恥ずかしそうにしながらも、それを受け入れるしかないファータ。

するすると下着がおりていく。

それにつれ、彼女のアソコが露出していった。

「タズマくんっ……んっ……♥」

羞恥に頬を染めるファータは可愛らしく、欲望を刺激する。

一糸まとわぬ姿になったファータ。

俺自身も服を脱ぎ捨てると、彼女の足を開かせた。

「あぁっ……そ、そんなに足を広げられたら、恥ずかしいよ……」

がばりと開き、オマンコを丸見えにしているファータが顔をそらした。

その様子にますます焚きつけられて、俺は勃起竿を彼女の割れ目へと向ける。

いやらしく濡れ、大胆に足を広げられたことで、薄く口を開いている陰唇。

そこへ肉竿をあてがうと、一度ファータを見た。

「んぁ……これ、タズマくんの、おちんぽ……♥」

彼女は自らの膣口をつんつんと突く肉棒を感じ取って、息を吐いた。

「いくぞ」

「うんっ……！」

俺はファータがうなずくのを確認し、ゆっくりと腰を進めていった。

先端が膣穴を広げていく。

たまらなくなって綺麗な足を抱え込み、ぐっと突き込むと、愛液がいやらしい音をたてた。

そして亀頭が彼女の処女膜へと触れる。

ぐっと腰を突き出すと、抵抗感が一気に薄れ、肉棒がずぶっと中へ導かれていった。

「んはぁぁっ！」

熱くうねる膣襞が肉竿を締め付ける。

「あふっ……ん、はぁっ……」

処女穴を肉棒に押し広げられ、彼女が呼吸を整えていく。

ファータが落ち着くのを待って、俺は腰を動かし始めた。

「んっ……はぁ……中で、タズマくんの太いのが、ん、はぁっ……」

ゆっくりと腰を動かすと、ファータがこちらを見上げた。

潤んだ瞳と赤い頬。

その姿が艶めかしくて、俺は腰を動かしていく。

「んぅっ……ふぅ、あっ♥」

徐々に慣れてきたのか、彼女の声が再び色めいていく。

感じているファータと、うねる膣内。

「ひぅっ、ん、はぁ、ああっ♥」

足を突き出し、オマンコをこちらへと差し出した姿勢のファータ。

そのエロすぎる姿に、俺の腰振りも熱が入っていく。

「あふっ、ん、わたし、あっ、ん、ふぅっ♥」

ピストンに合わせて身体が揺れ、たわわな双丘も柔らかそうに揺れる。

肉竿が膣奥までしっかりと届き、子宮口を何度も突いていった。

男を知った膣内がきゅうきゅうと肉棒を締め付けて、快感を送り込んでくる。

「んぁ、中、大きいのに突かれて、あっ♥ ん、はぁっ！」

俺は大きく腰を振り、抽送を続ける。

肉竿で膣襞を擦り上げ、快楽を膨らませていった。

「んあぁっ♥ あっ、ん、はぁっ！ わたし、ん、はぁっ、また、イっちゃうっ……♥ ん、あっ、あうぅっ……♥」

嬌声をあげて感じていくファータ。

淫らな格好で乱れていく彼女に、欲望をぶつけていく。

「あっあっあっ♥ ん、はぁっ、イクッ！ ん、ああっ……♥」

「こっちも、そろそろイキそうだ……！」

腰振りのペースも上がり、蜜壷をかき回していく。

「んぅっ！　あっ、ん、はぁっ、タズマくんっ、ん、あっ♥」

俺はラストスパートで腰を打ち付け、そのオマンコを突いていく。

「あっ、イクッ！　ん、あっ、イクイクッ！　イックウウゥウゥッ！」

絶頂を迎えた彼女が、ぐっと腰を突き出すようにした。

子宮口が肉棒の先端を咥え込むようにして吸い付いてくる。

「うっ……出すぞ！」

びゅるるっ、びゅくっ、どびゅっ！

その吸いつくオマンコに、思いきり中出しをした。

「んあぁぁぁっ♥　奥っ、赤ちゃんのへやに、タズマくんのせーえき、どぴゅどぴゅってはいってきてるぅっ♥　おまんこ……およめさんにしてくれてる……あうっ♥」

子宮に精液を注ぎこまれて、ファータが感じながら声をあげていく。

膣内がきゅっと肉棒を締め付け、精液を搾っていくのがエロい。

初セックスでありながら、エロゲーヒロインとしてもなかなかの乱れ方だ。

原作は純愛系だったたから、セックスから先はそこまで続かなかったが、このままいくとかなりのスケベヒロインになってしまうのではないか……。そんな不安もある。

しかしそれは嬉しい期待でもあり、俺は彼女の中で気持ちよく射精していった。

「んはぁっ……あぁ……♥」

そしてしっかりと注ぎ込むと、肉棒を引き抜く。

「あふっ……タズマくんっ……」

彼女は足を下ろすと、そのままベッドの上でぐったりと力を抜いていった。

荒い呼吸で揺れる胸と、混じり合った体液で濡れたシーツ。

俺はそのエロい光景を眺めながら、射精の余韻に浸るのだった。

●

「なにか、考えごと？」

「ああ、ちょっとぼーっとしてた」

テーブルの向かいに座るステラが、俺のほうをのぞき込んで尋ねてきた。

今日はまた、彼女の生活を見にステラの家へと来て、掃除や料理をしたのだった。

チェルドーテの店で働きつつ、こうしてステラの家にも来て、日々を過ごしていく。

三人のヒロインに囲まれる生活は紛れもなく幸せだ。

間違いなく全員が、この世界にでも最高の美少女なのだからな。

かつて好きだったゲームの世界で、その原作主人公以上に恵まれた暮らしを送っているのは、なんだか不思議な気分になる。

「悩みでもあるの？」

ステラはそう言って、こちらをのぞき込んできた。

心配するような彼女を、まっすぐに見つめ返す。

こうしてみると、やはり顔がいいよな……。ゲームの原画も、かなり有名な絵師だった。

それが現実になったとき、これほどまでに特徴を残しつつ、美少女になるなんて……さすがだ。

そんな風に思いながら、俺は答えた。

「悩みというほどじゃないが、まあ考えることはあるな」

チェルドーテのときと同じ流れを感じて、俺は話を進めるべきかどうか悩む。

「そう……」

話題に入らない俺を見て、彼女はそれ以上深くは聞いてこなかった。

今は問題に直面しているというより、疑問に近いのだが……。

あれからも着実に日々は流れていて、今はおそらく、ヒロイン個別のルートに入った後の世界になっているはずだ。

チェルドーテは問題解決までの展開がかなり早かったが、ステラに関しては、まだ原作の個別ルートにおける問題に動きはない。

心の距離は縮まり、もはや本編終了後以上に、いちゃいちゃしてはいるのだがな。

でもステラに関しては、個別ルートイベントが遅れる、もしくは起こらないかもしれない理由も、想像は出来ている。

一つは、この世界で一番の変更点である、エロ強化のせいだ。

ステラは三人の中で一番、起こる問題が内面に依存している。それが俺とのエロによって塗りつぶされている気がする。

原作では好意を持って触れ合うようになってからも、魔道具作成が第一だったステラ。

それがこっちでは、仕事のスケジュールに余裕さえあれば、俺との時間を優先してくれるようになっている。

彼女のルートでは、その影響が大きいだろう。錬金術に没頭さえしなければ、事故は起こらない。

それにステラは俺以外にも、チェルドーテと接する機会も増えている。

つまり、原作ほど魔道具一辺倒のキャラではなくなっているということだ。

だから今でも、彼女が無茶をしないかは注意しているが、原作に比べればリスク自体がぐっと下がっているのだと感じる。

そういう点から、彼女のルートイベントがもっと遅いか、もしくは消滅するというのも、自然であるように思う。

俺としては、こうのまま何も起こらなければいいな、と願うばかりだ。

いや、俺自身が目を光らせて、絶対に事故が起こらないようにしないといけない。

このままいけば、ステラに関してもハーレム路線でクリアできるだろう。

となれば問題はあと一つ。

残ったファータについては、どうだろうか……。

彼女に関しては、個別ルート上の問題は、どうあっても避けられないはずだ。

彼女の不完全な状態の魔法は、どうあっても自然には解決しない。

原作では徐々にその力が薄れていき、不調になっていくファータ。

そうして弱っていく様子を見せつけられながらも、タズマには何も出来ない……という時間が続くシーンだ。

本来なら、すでに不調が出始める時期にさしかかっていたが、今のところ、ファータにその様子はなかった。

考えられる可能性としては、俺――つまりタズマと身体を重ねることで魔法の力が補充されている、といったあたりだろうか？

それ自体はいいことなのだが、根本的な部分が解決されていないままである以上、このままでいることは出来ないだろう。あの姿はあくまで、魔法が作る幻影なのだ。

すでに関係は深まっているから、あとはファータ自身が真実を知り、本当の魔法を願うことだ。

●

俺はひとり、街中を歩いていた。

目指しているのは、ファータが眠る病院だ。

石畳の道を進み、街の中心から離れ、丘のほうへと向かう。

そこは街中の医者とは違う、長期入院のための病院だった。

丘の麓《ふもと》に建っており、人気《ひとけ》は少ない。

ちらほらと見舞客が訪れるのと、入院のための患者を乗せた魔道車がたまに通り過ぎるくらいの、静かな場所だった。

俺は静かな道を進んでいく。

空は青く、太陽が照りつける。天気はいいが、なんとなく気分が暗くなる。

歩いていると、少し暑いぐらいなのにな。

日頃は通ることのない道を、緩やかに歩んでいく。

くねる道の向こう。

木々の隙間から見える建物。

やや古めかしい、けれど立派な病院だった。

緑の隙間から覗く白い壁が特徴だ。この辺りでは珍しい。

曲がりくねった道をさらに進むと、ついにそれが正面に見えてくる。

俺はそのまま病院へと入り、受付にファータの名前を告げる。

もしかしたら……。

こちらの世界の彼女はすでに元気になっていて、だからイベントが起こらないのだろうか。

彼女は既に、ここにはいない。退院していて、あの街のファータが本物なんだ……。

ほんの少しだけそう願ってもいたが、そうはいかないようだ。

受付は病室の番号を教えてくれた。それは多分、原作と同じ部屋番号。

なにか言おうとした看護師も、俺の表情から、事情を知っていることは理解したようだ。

告げられた番号にしたがって、病院の中を進んでいく。

ここ最近は常にチェルドーテかステラと一緒にいたため、こうしてひとりで静かな病院を歩いていくのは落ち着かない感じがした。

あるいは、やはりファータが入院している姿を見るのが、嫌なのかもしれない。

そう思う間にも、階段を上がると病室が近づいてくる。

ほどなくして、告げられた番号の病室にたどりつく。

俺は控えめにノックをして——当然返事はなく、そのまま病室のドアを開ける。

換気のために開けられた窓から風が入り込み、カーテンを揺らす。

静かな病室の中。

そこに寝ているファータ。

眠る彼女は、俺が普段会う姿よりも細く、儚《はかな》く見える。

元々こうであることは知っていて、原作知識で様々な状況をショートカットした今ですら、その姿に衝撃を受けている。

ベッドの上で眠る彼女は、花のように不健康で美しい。

なだらかに続く日常より、終わりの予感は心を震わせる。

積み重ねの向こうの揺らぎ。

これが原作通りの出会いであったなら、その驚きは遥かに大きかっただろう。

街のファータとの恋愛の末に出会った、予想外の真実なのだから。

心構えが出来ていたところで、やはりショックはあった。

「ファータ」

俺は、眠る彼女に小さく声をかける。

当然、反応はない。

彼女は、ずっとこうして眠っているのだ。

物語開始よりずっと前から。

タズマと過ごした時間と、そのころの約束が、彼女に不完全な魔法を与えている。

俺は、それを知識として知ってはいるが、思い出として共有しているわけではない。

彼女は静かに呼吸をし、その身体が揺れる。

その姿はすぐにでも目を覚ましそうではあるし、このまま呼吸が止まりそうでもあった。

俺はその姿をしばらくの間、眺めていた。

カーテンが揺れる。

院内が静かなため、遠くの足音が聞こえる。

流れ込む風が、緑と薬品の匂いを運んでくる。

立ち尽くすの俺の横で、彼女は小さな呼吸を繰り返していた。

日頃会うファータと同様、原作ほどには衰弱していないように思える。

病室内に流れる時間は、外よりも緩やかだ。

足音がこちらへと近づいてくる。

看護師ならば迷いないものになるだろうが、その足音は迷っているようだった。

見舞客だろうか。

俺はベッドで眠るファータを眺めながら、その足音を聞いていた。

足音が近づいてくる。

呼吸で小さく上下する胸。

俺はぼんやりと、その寝顔を眺める。

普段、明るく駆け回る彼女の姿を思い出しながら見ると、それよりも一回り小さく感じられる、ベッド上の彼女。

この状態ではまだ、俺に出来ることはない。

そもそも、思い出を共有していない偽物である俺には、主人公のように彼女を想う資格すらないのかもしれない。

今もまだ俺とファータの関係は、すべて画面越しのような気がする。

それでも。

かつてよりずっと鮮明なその寝顔に。

指先が届く今なら。

「タズマくん……？」

足音が近くで止まり、後ろから声がかかる。

ゆっくりと振り向くと、そこにはファータがいた。

「ここ、病院……？」

彼女は不思議そうに、病室を見回す。

ベッドサイドに立つ俺の姿を見て、彼女はこちらへと近づいてきた。

意図的なのか、本能的なものなのか。

彼女の視線は俺のほうへ向いており、ベッドへは向けられない。

普通なら真っ先に気にすべきところだろうが、ファータはそこから視線をそらしているようだった。それが無意識によるものなのか、意図的なものなのかは、わからない。

「ファータ。どうしてここに？」

俺は声を落として、そう尋ねる。

ファータは俺の声に、小さく首をかしげた。

「なんでだろう……？　なんだか、呼ばれた気がして」

そう答えた彼女は俺のすぐそばに来て、そうしてようやく、ベッドへと目を向けた。

「これ……」

ファータは、ベッドに眠る自分を見た。

「ああ……」

そうして、小さく呟きをもらした。

「わたし……」

彼女は眠り続ける自分を見て、身体をよろめかせる。

俺はそんな彼女を支えた。

ファータはぼんやりと自分を眺め、俺を見上げた。

「思い出した……わたし……」

彼女は後ずさるように足を動かそうとして、より強く俺に身を寄せた。

「わたし……事故に遭って……」

彼女は小さく身体を震わせた。病室に眠る自身を見たことで、思い出したのだろう。

「それで、ずっと……」

彼女は戸惑うように、俺を見上げた。

「それじゃあ、このわたしは……？」

「昔、約束しただろ？」

それは主人公であって、厳密には俺ではないけれど。

「約束……また会おうねって……」

「ああ」

だから彼女は、主人公が街に帰ってきたのをきっかけに目覚めた。

不確かな約束による、不完全な魔法。

「わたし、これって……」

「大丈夫」

俺はそんな彼女を抱きしめた。

眠っている自分を見て、不安定になっている彼女は、小さく震えている。

そんなファータを安心させるように、優しく背中を撫でた。

状況を自覚すれば……勇気を持って目覚めることを望めれば……。

ふたりの魔法はきっと、彼女を救ってくれる。

ショートカットしたこの世界でも。

過去を共有していない俺でも。そうでなければ許されない。

「元気になって、また会おう」

「うんっ……」

俺が言うと、彼女はうなずいた。

「やくそくっ」

そう言うと、彼女の身体が淡い光を放ち始める。

そして光に包まれた彼女の身体が溶けていき、そのかたちが消えていく。

光はゆらりと漂いながら、ベッドで眠るファータへと重なっていった。

俺はひとり、その寝顔を眺める。

その表情が、少しだけ変わった気がした。

●

買い出しを終えて店へと戻る途中。

平日昼間の街中は、ちらほらと人が行き来している。

俺のように、店のおつかいに出ているらしき人間や、遊びに出かける子供たち。

そんな道を歩いていると、後ろから駆けてくる足音が近づく。

「タズマくんっ！」

振り向くと、ファータはそのままの勢いで、こちらへと飛び込んできた。

「おっと」

幸い、そこまで荷物は多くないので、そのまま彼女を抱き留める。

体温と柔らかさを感じた。

「えへへ、ありがと。ちょっと勢いがつきすぎちゃった」

そう言って照れるように笑う彼女は、いつも通りの様子だ。

魔法の力で目を覚ました彼女は、普段と同じ元気さだった。

本来、長いこと寝たきりだったなら筋力なども落ちているはずだが、そのあたりはさすが魔法。

すぐに動けるように回復しており、医者も驚いたらしい。

「まだ、ちょっと慣れてないんだよね」

身体のほうは完調でも、不完全な魔法で動き回っていた彼女にとって、生身は少し感覚が違うらしい。

「あまりはしゃぎすぎるなよ」

そう言うと、ファータは微笑みを浮かべた。

「そうだね、ちょっと気をつけるよ」

彼女は俺から離れ、隣へと並ぶ。

あの日。俺は様々なイベントをすっ飛ばして病院を訪れた。ゲーム本来ならば大失敗だろう。時期尚早であれば、ファータが絶望して消えてしまうかもしれなかった。しかしすでに身体も重ね、イチャイチャとするイベントは十分にこなしてあった。

そして今ならと、ゲームの経験と照らし合わせた親密度……心の繋がりを信じて、病室へと向かったのだ。その賭けは成功だった。

ファータは順調に回復していき、正式に退院したのだ。

オレ達はそのままふたりで、店へ向けて歩き始めた。

「もうちょっと慣れたら、またお店で働きたいな」

「ああ、チェルドーテも喜ぶだろう」

まだ生身の身体感覚に慣れていないといっても、働いた記憶はそのままある。

基本的には問題なく働けるだろう。そのままそろって、チェルドーテの店に着く。

「ただいま」

「おかえり……あっ、ファータ！」

俺の後ろから入ってきたファータを見つけ、顔をほころばせるチェルドーテ。

「わぁ！」

ファータのほうも声をあげて、そのままチェルドーテへと駆け寄っていく。

幸い、というべきか、店内にはちょうど客もいなかったので、ふたりはそのまま、きゃっきゃと再会を喜んだ。

俺はその様子を、少し離れて微笑ましく眺めるのだった。


仕事が終わった後、ステラも呼んで四人で食事をした。

ステラとは面識はないはずのファータだが、あっというまに仲良くなったようだ。むしろステラのほうが人見知りなので、それには俺も驚いた。

そして帰路につくのだが、ファータはそのまま俺についてくることになった。

彼女を部屋へと招き入れる。

「もう、ずっと一緒にられるね」

「ああ、そうだな」

身体と分離して動き回れる不完全な魔法とは違う。もう衰弱することはない。

タズマとの絆で生まれた本当の魔法で、彼女は自身を取り戻し、普通に生活ができるようになった。この状態なら時間制限もなく、魔法が消えることを恐れる必要もない。

病室に突然現れたときのように、もうどこにでも瞬時に飛べるということはないが、それは当たり前のことだしな。ファータは以前の魔法では、タズマが居る場所に出現していたのだ。

久々の身体にも、じきに慣れるだろう。俺はその身体を確かめるように、彼女を抱きしめた。

「んっ……」

彼女は俺に身体を預けながら、そっと抱き返してくる。柔らかな胸が当たり、俺の胸板で潰れた。

そのままベッドへと向かっていくふたり。

「ね、タズマくん……」

彼女は上目遣いで俺を見て、その手を身体へと這わせてくる。

「今日はわたしが、ね？」

そう言いながら、彼女は身体を下へとずらしていく。

そして股間の前へと顔を持ってくると、俺のズボンに手をかけてきた。

「えいっ♪」

ズボンを脱がせた彼女は、下着越しの膨らみにさらに顔を寄せる。

「なんだかどきどきするね……前のときは初めてで、あまりじっくり見なかったし……」

ファータは俺の下着を下ろして、肉竿をあらわにした。

「わっ、これがタズマくんのおちんちん……」

彼女はペニスへと熱い視線を注いだ。注視されると、こそばゆいような恥ずかしさが湧き上がる。

「これ、まだおとなしい状態だよね？」

「そうだな」

「ここから、もっと大きくなるんだ……」

彼女は肉竿へと手を伸ばす。

「わ、ふにゃふにゃしてるね」

そう言って、指先でペニスをいじってきた。好奇心のままに触るといった感じで、性感を強くすぐるようなものではないが、それでも刺激には違いない。

まだ不慣れな部分がかえっていやらしい、ということもある。

「わ、おちんちん、大きくなってきたよっ！」

手の中で膨らんでいく肉棒に驚いたようにしつつ、さらにいじってくる。

「それに、硬くなってくる……これ勃起してるんだ……」

楽しそうに言うと、さらに手を動かしてきた。

「なんだか、おっきくなると……すごくえっちな感じになってるね……♥」

うっとりと肉棒を眺め、いじってくるファータ。

「この硬いのを、擦ると気持ちいいんだよね？」

そして指を上下に動かしていった。

「ああ、気持ちいいよ」

「ん、しょ、しーこ、しーこっ」

彼女の手が肉竿をしごいていく。

「熱いおちんぽ……これがわたしの中に入ってたんだ……♥」

ファータはまじまじと肉竿を見つめながら、手コキを続けていく。

俺はその心地よさに身を任せていった。

「すごなぁ……んっ……自分にはないところだから、不思議な感じ……」

ファータは肉棒の形を確かめるように、指先を動かしてきた。

「うっ……」

彼女の指先が、カリ裏をこする。

「あっ、ここがいいの？」

今度は意識的に、ファータがカリ裏を責めてきた。

「わっ、おちんちんぴくんって跳ねたね。えいえいっ♪」

快感に肉竿が反応すると、ファータは楽しそうにし始める。

その気持ちよさと無邪気な姿に、欲望が高まっていく。

「しこしこっ、くりくりっ……しゅっしゅっ」

肉棒をいじって、気分も盛り上がっていくようだ。

だんだんとコツをつかんでいるのか、快感も膨らんでいった。

「あっ、先っぽから、ぬるぬるのが出てきた……これ、射精する合図だよね」

ファータは指先で先走りを拭った。

指が鈴口に触れ、敏感なところを刺激してくる。

「ぬるぬるー、とんとん」

彼女はあふれる我慢汁を指先に付けて、軽く指を持ち上げる。

糸を引いた様子を眺めながら、もう片方の手で根元のほうをしごいていった。

「しこしこっ、ぬるぬる、つんつん……」

今度は両手を使って、根元と先端をいじってくる。

「うぁ……ファータ、それ……」

「両方いじられるの、気持ちいいの？　おちんぽ、もうイきそう？」

「ああ……」

俺がうなずくと、彼女はさらに激しく手を動かしていく。

「ね、イくとこ見せて……しこしこしこしこっ♥」

「う、ああっ……出そうだ」

「先っぽがぷくって膨らんで……とろとろのがあふれて……おちんぽイク？　ぬるぬるっ、しゅっしゅっ、おちんぽイって……ほらぁ♥　しこしこしこしこっ♥」

「ああっ！」

「きゃっ、すごいっ……！」

彼女の手にしごき上げられて、俺は射精した。

勢いよく飛び出した白濁が、彼女に向かって飛んでいく。

「ひゃうっ♥　熱くてどろどろのが、いっぱいでたぁ……♥」

身体に精液を浴びながら、うっとりとつぶやく。

「すごいね、タズマくん……♥」

射精後もゆるゆると、肉竿をいじってくる。

そうして刺激を受けて、ガチガチのままの肉棒を見て、彼女は妖艶な笑みを浮かべた。

「まだまだ元気なこれ……次はわたしのアソコで、ね？」

そう言って、精液を拭った彼女はスカートの中へと手を入れた。

そしてするすると、下着を脱いでいく。

短いスカートの向こうに何も身につけていないのだ。そう意識すると、本能で種付け欲求が湧いてくる。

「おちんちんが、もっと気持ちよくなりたいって言ってるみたい……♥」

ファータは脱いだ下着をベッドへ放ると、こちらに迫ってくる。

脱ぎ捨てられた下着のクロッチ部分は濡れており、彼女の準備が出来ているのだとわかる。

「タズマくん……♥」

ファータは俺へと跨がってきた。

そして勃起したままの剛直をつかむと、自らの割れ目へと導いていく。

「んっ……♥　わたしのオマンコに、タズマくんのガチガチおちんぽが……んぁっ♥」

ファータはゆっくりと腰を下ろしていって、繋がっていった。

亀頭が膣口を押し広げ、ファータが腰を下ろすのに合わせ、じゅぶっと入り込んでいった。

「あふっ、ん、ああっ！」

熱くうねる膣襞が、肉棒を咥え込む。しかし俺は、処女膜を貫いたことも感じていた。

「んはぁっ、はぁ、んっ……くっ……あれ？」

俺の上に跨がり、身体を密着させてくるファータだが、少し痛そうだ。

ぐっと腰を下ろして肉棒を迎え入れながら、その巨乳を押し当ててくる。

身体に当たるおっぱいの柔らかさと、締め付けてくる膣襞は気持ちいい。

表情を見ても、破瓜の痛みはだんだんと薄らいでいるようだった。

「あふっ……ん、はぁっ。入ったね……。また……タズマくんにあげちゃったみたい……」

「あぁ……すごいな、ファータ」

彼女の膣内はかなりキツい。

前に身体を重ねたときは、不完全魔法によって作られた身体だった。

それはファータには違いなかったし、彼女だと言っても遜色なかったが、本当の身体でするのは初めてだ。ある意味では、これが初体験だな。

ファータの感覚としては、二度目の処女喪失になる。

身体にとっては、正真正銘初めての繋がりであり、処女穴は初めての肉棒を咥え込むのに必死なようだった。そこに経験済みの意識との差があり、ファータは戸惑っている。

「んぅっ……はぁ……ふぅっ……」

ファータは俺にしがみつくようにしながら、肉竿を受け入れている。

腰を振らずとも、うねって肉棒を刺激する膣内。しかしそこはまだ処女なのだ。

そのキツい気持ちよさを感じていると、彼女が俺を見つめる。

「ん、そろそろ、動くね……」

そう言って、ファータは緩やかに腰を動かし始めた。

「んっ、ふぅっ……わたしの中、タズマくんのおちんぽが、ん、動いて、あぁ……♥」

膣道を、肉竿が往復していく。蜜壺がしっかりと咥え込んだ肉棒を刺激し、気持ちがいい。

「タズマくん、んっ、はぁ、ああっ……♥」

彼女は俺に抱きつくようにしながら、腰を振っていく。

それに合わせて膣襞が肉竿をしごき上げ、大きな胸が顔に押しつけられる。

その柔らかな感触と、蜜壺内の快感が最高だった。

「んんっ、はぁ、繋がってる……ん、くぅっ♥」

身体を密着させながら、腰を上下させるファータ。エロゲーヒロインらしく、最初から十分に感じているようだ。俺はそんな彼女を抱きしめながら、秘穴の気持ちよさを受け取っていった。

「わたし、ん、タズマくんと一つになってる……ああ……大好き……うれしいよぉ♥」

俺もうなずき、こちらからも腰を突き上げた。

「んはぁっ♥　あっ、タズマくん、それ、急に、ああっ……」

ファータは嬌声をあげて喜んだ。膣内がきゅっと反応し、肉竿を締め付ける。

「ん、わたしも、はぁっ、ん、ふぅっ……！」

彼女は負けじと腰を動かして、ピストンを行う。

基本的には上に跨がっている彼女のほうに、主導権がある。

「あっ、ん、はぁっ♥」

しかしこちらも負けていられない。ファータを抱き寄せながら密着状態で腰を突き上げる。

「んはぁっ！　あっ、ん、タズマくんのおちんぽ、わたしの奥を突《つ》いて、んあっ……♥」

ファータが可愛らしい声をあげて反応する。

「ん、はぁっ、あふっ……んっ、はぁっ、あっ、ん、ふぅっ……♥」

互いに腰を振って、欲望を高め合っていった。

柔らかなおっぱいを押しつけながら、オマンコで肉棒をしごき上げていくファータ。

そのエロい状態に、欲望は膨らんでいく。

「ああっ♥　ん、はぁっ、ん、くぅっ！」

性衝動に突き動かされるまま腰を突き上げると、ファータも嬌声とともに乱れていった。

「あっ、ん、はぁっ♥　もう、イクッ……！　ん、ああっ……♥」

俺の上で快感に溺れていくファータ。そのオマンコを突き上げ、さらに責めていく。

「んふぅっ♥　ん、ああっ、イクッ！　あっ、ん、はぁっ！」

「ファータ……俺も」

「んむっ、ん、ちゅぅっ……♥」

呟くと、彼女は身体を密着させながらキスをしてきた。

「ん、はぁっ……♥」

そして口を離すと至近距離で見つめてくる。その蕩け顔がエロく、さらに激しく腰を突き上げる。

「んあぁぁぁっ♥　あっあっ、も、イクッ！　タズマくん、ん、はぁっ♥」

ひときわ高い喘ぎ声。ピストンを自ら加速し、上り詰めていった。

「んはぁっ、あっ、んんっ、あうぅっ！　あっあっ……イクッ、んぅっ♥　イクイクッ！　イクウウウウッ！」

「う、おぉ……おおっ！」

絶頂を迎えたファータの膣内がうねり、肉竿を締め付ける。

「タズマくん、ん、ああっ♥　出して……だしてぇ……♥」

言葉と共に膣襞が肉棒をしごき上げ、射精を促してきた。

どびゅっ！　びゅくっ！　びゅるっびゅるるっ！

そのおねだりには耐えきれず、俺はそのまま精液を吐き出していく。

「んはぁっ♥　あっ、中、ん、熱いのが、すごい出てるぅっ……♥」

脈動する肉棒から放たれる精液が、ファータの中を満たしていった。

「せーえき、びゅくびゅく注がれて、ん、はぁっ、あぁ……♥」

中出しされながら感じるファータが愛おしくて、俺はぎゅっと彼女を抱きしめる。

「タズマくん……♥」

彼女も抱きついてきて、身体を重ね合わせながら、精液を注ぎ込んでいくのだった。

「ん、はぁ……はぁ……んぁ……」

射精を終えても繋がったまま抱き合って、お互いを深く感じていたのだった。

第四章　錬金術士の体温

ファータが復帰して、チェルドーテの店は賑やかさを取り戻した。

彼女のおかげで店に余裕が出来たこともあり、俺がステラのところへと顔を出す機会も多くなっていた。

ファータとチェルドーテの問題は解決し、残る悲劇の可能性はステラだけだ。

本来なら並行しているはずの個別ルートを、順に巡ることになっているため、進行の時期はずれまくっている。ステラの事故……そのときがいつくるかわからないのが不安材料だ。

ただ、ステラはこの世界のエロ化における影響を、一番プラスに受ける立場にある。

元の世界では魔道具作成を第一に置いていた彼女だが、こちらではそういう訳でもない。

そのため、過度にのめり込んで無理をする、といったこともなくなっている。

チェルドーテとの交流が増えたこともまた、彼女の優先順位に影響を与えていくだろう。

俺は今日も、ステラの家を訪れて、掃除や料理をするのだった。

料理は仕込みを終えて、あとは時間になれば仕上げを、という感じだ。

慣れてきたことで、俺の手際もよくなってきている。

俺はソファに腰掛けて、他にしておくと良いことがあるかを考えた。

掃除のほうは、そこまで気合いを入れる必要もないしな。

「ん、タズマ」

ステラが今日の仕事を終えて、工房から出てくる。

ステラも最初の頃より早い時間に、仕事を終えることが増えていた。良い傾向だ。

彼女はそのまま、俺の側まで来る。

そしてソファに座る俺の隣——ではなく、膝の上に乗ってきた。

甘えるように乗っかってくる彼女は可愛らしく、俺は後ろから抱きしめる。

「んっ♥」

満足げにうなずく彼女は、そのまま俺に寄りかかって頭を預けてきた。

ステラの体温を感じながら、なんだか小動物っぽいな、いつもと思う。

そんなことを考えながら、彼女を撫でていった。

「んっ……」

彼女は喉をいじられた猫のように気持ちよさそうに反応する。

まったりとした心地よい時間だ。

そうして彼女を撫でながら、ソファでだらだらと過ごしていく。

●

「ステラ。お風呂、沸いたぞ」

「ん」

声をかけると、ソファでごろごろとしていたステラが、こちらを向いて小さく返事をした。

元々は、食事こそなんとかするものの、ずっと工房に籠もっていただけのステラが、こうしてリビングのソファでごろごろとしながら俺を待っているというのは、かなりの変化だ。

すでに十分な好感度を得て、ルートに入っているのを実感する。

いや、まあ原作ならそうだが、こっちではわりと最初から俺を優先してくれる傾向にあったな。

おおまかな設定こそ同じであるものの、原作主人公と俺では、かなり違う道を歩んでいる。

そもそも原作だと、各ヒロインのルートのみで、今のように三人と過ごすような道はなかったしな。

チェルドーテの件も、およそ主人公とは思えない方法で解決した。

ファータについても、俺は過去を知ってはいても、本当に思い出を共有しているわけではない。

昔のことは原作知識で見ていただけだ。

俺は本当の意味での主人公ではないから、仕方のないことではあるが。

そんなことを考えつつソファに向かうが、返事をしたステラは動く様子がなかった。

「風呂が冷めるぞ」

「ん……」

うなずきはするものの、起き上がらない。

調子が悪い……という訳ではなく、単に動くのが面倒なようだ。

その証拠に、彼女はこちらを見上げて甘えるように手を伸ばしてきた。

可愛らしい様子に甘やかしたくなるが、その気持ちをぐっと堪える。

「よっと」

「わっ……」

俺はステラを抱きかかえて、そのままソファから浴室へと運んでいく。

さすがにそこまでいけば、彼女も諦めて風呂に入るだろう。

「ふふっ……」

彼女はぎゅっとこちらへ抱きついた。

安定するという点ではいいものの、抱きつかれると邪な思いが湧き上がってくる。

最初は単に彼女の面倒を見る、保護者のような立場のつもりだったが、抱きつかれているとその関係性が揺らいでいく。

無論、それは何の問題もないし、すでにそういう関係でもある。

が、それも風呂に入ってからだ。

万事、その可愛さに流され続けていたら、ずるずると怠惰な生活を送ってしまう。

というわけで、脱衣所に連れてきたステラを下ろした。

「んっ……」

彼女は降りたものの、そのままこちらを見上げる。

その甘えっぷりはなかなかだと思う反面、そう悪い気もしないというのだから、俺も甘い。

彼女の服を脱がせていった。

小柄さと甘えっぷりから幼い印象を与えるが、それにそぐわない大きなおっぱいが揺れながら現れる。

色っぽい状況ではないはずなのだが、やはり巨乳の破壊力はすさまじいものだ。

「ん？」

彼女は胸に目がいった俺を見て、いたずらっぽい笑みを浮かべた。

「一緒に入ろ？」

そう言ってこちらを見上げる。

上目遣いのステラと、その顔の下でこちらを誘うおっぱい。

「そうだな。じゃないと、ステラが風呂に入ってくれないしな」

ある種の言い訳としてそう口にすると、ステラはうなずいた。

「ん」

俺は手早く自分の服を脱ぐと、残るステラの服も脱がせていく。

そしてそのまま、浴室へと入った。

シャワーを使い、彼女の身体を濡らしていく。

ちなみに、原作でもこの風呂は日本準拠で、湯船にお湯を張り、身体はシャワーで洗う形式だ。

海外仕様の、バスタブの中で身体を洗うようにはなっていない。

「目、つむってろよ」

「んっ」

俺はシャンプーを泡立てて、彼女の髪を洗っていった。

頭皮をマッサージするようにシャンプーを行い、しっかりと洗い流していく。

そして次には、トリートメントを行っていく。

髪を洗い終えた後は、身体へと移った。

ボディーソープを泡立て、その小さな背中を洗っていく。

白い泡が彼女の背中を覆っていき、ステラは身を任せている。

肩から腕へと洗って、反対へ。

そのまま尾骨の辺りまで洗っていった。

「んっ……」

小さく声を漏らすステラが、心なしか色っぽく感じる。

「ね、前も」

「ああ」

彼女の要望に応え、俺は前へも手を伸ばしていった。

まずは、その大きなおっぱいを泡まみれにしていく。

「んっ……」

むにゅんっと柔らかな感触が俺の手に伝わり、ついふよふよといじってしまう。

「んんっ……」

ステラはその手つきには何も言わず、受け入れていた。

谷間にも手を差し込んで洗っていく。

俺の手が左右から双丘に挟み込まれて、気持ちがいい。

さらに泡で滑りがよくなっているため、挟まれた中でするすると動いてしまう。

「あっ……んっ……♥」

ステラのほうも艶めかしい吐息を漏らし、ますます盛り上がっていった。

谷間から手を抜くと、次は下からすくい上げるようにしておっぱいを持ち上げ、洗っていく。

巨乳ともなれば、胸の下も汗などが溜まりやすい。

そうして洗うついでに、また軽く胸を揉んでいく。

「ん、手つき、すごくえっち……」

そう言うものの、彼女は大人しく受け入れているのだった。

その後も腰から足まで一通り洗って、泡をシャワーで流す。

「さ、それじゃ後はお湯の中で温まるんだ」

「お返しに、私がタズマを洗ってあげる」

そう言うと、彼女は俺の後ろへと回った。

そういうことなら、と俺は受け入れることにする。せっかくだしな。

ステラは先程までの甘え具合から一転して、手早く泡を作って俺の身体を洗っていった。

彼女の小さな手が後ろから、首や肩を撫でるようにして洗っていく。

その心地よさに身を任せていると、彼女は俺の腕を洗おうと、後ろから密着してきた。

むにゅんっ、と柔らかなおっぱいが背中に押し当てられる。

「ふふっ……」

耳元で、ステラが妖しく笑う。

その胸を押しつけるようにしながら、動いていった。

「んっ……」

おっぱいが背中を擦り、柔らかさを伝えてくる。

そして、胸で背中を洗っているというエロさも余計に俺を興奮させた。

「ね、タズマ……」

彼女はそうして、たわわな胸で俺の背中を刺激しながら、手を前へと回していく。

そしてステラの手がそろそろと、胸板からお腹、そしてその下へと向かう。

「タズマのここ、こんなになっちゃってる♥」

「うぉ……」

泡まみれの小さな手が、きゅっと肉竿を握った。

おっぱいを押しつけられて反応しはじめていたそこを擦られ、泡に包み込まれる。

「ここは大事な所だから、しっかり洗わないとね」

いたずらっぽく言いながら、ステラは泡まみれの手で肉竿を擦っていく。

「根元から先っぽまで、ぬるぬるー」

「うっ……」

彼女の手が肉棒を必要以上に丁寧に洗っていく。

「この裏っかわも、ん、しょっ」

カリ裏を指先が擦っていく。

泡で滑りが良くなっている分、通常より大胆に動いていくため、刺激が強い。

「ガチガチになっているし大きいから、手が動かしやすいね」

そう言ってさらに肉棒を責め立ててくる。

泡でぬるぬるの手が激しく肉棒をしごき、快感を膨らませていった。

「んっ……泡じゃないぬるぬるが出てきたみたい……」

気持ちいい手コキで、先走りがあふれてくる。

そこでステラは手を止めた。

寸止めのような状態に、ムラムラが収まらない。

ステラはシャワーで泡を洗い流すと、俺を湯船へと誘った。

「タズマ、続きはこっちで、ね？」

俺は素直に従い、湯船へと入った。

そんな俺の向かいへと入ってくるステラ。

先に入っていたため、湯船に入る彼女のアソコがすぐ目の前に来る。

彼女のそこも、もうお湯とは違う、もっと粘度のある淫らな液体で濡れていた。

「んっ……」

彼女は背を向けると俺に跨がるようにして、湯船へと入ってきた。

そして先程お預けをくらった肉棒をつかむと、それを自らの膣口へと導いていく。

「んぁ……♥　はぁ、んっ……！」

彼女はそのまま、背面座位の形で俺と繋がっていった。

「ん、中、入ってきた……ふぅっ……」

お湯よりも熱く感じられる、彼女の膣内。

こちらを求め、うねる膣襞に肉棒が咥え込まれる。

「あふっ、ん、はぁ……」

熱い湯船の中で……。

こちらへ背を預けるようにしているステラと繋がっている。

蜜壺に挿入されている肉竿以外の部分もお湯で温かく、普段とは違う感覚に混乱しそうだ。

「ん……はぁ、ふぅっ……」

俺にお尻を押しつけて、腰を動かしていくステラ。

「んっ♥　はぁ、ああっ……♥」

彼女が身体を動かすたびに、ちゃぷちゃぷとお湯が音を立てて波打つ。

俺は後ろから彼女を抱きしめるようにして、繋がっていた。

「あふっ、ん、はぁっ……♥」

浴室内に、彼女の声が響く。

エコーのかかったようなその喘ぎは、いつも以上に艶めかしい。

「んんっ……んぅっ、ふぅっ……♥」

お湯の水音と、色っぽい吐息。

そして腰を動かすたびに、時折見えるうなじもセクシーだ。

当然、肉棒はそのオマンコでしごきあげられていて、気持ちがいい。

先程おあずけをくらっていたこともあり、すぐにでも出してしまいそうだった。

「ステラ」

「ひぅっ……♥ ん、耳元、だめっ……」

「耳、弱いのか？　ふー」

「んぁっ♥」

そっと息を吹きかけると、彼女がびくんと敏感に反応する。

「うぉ……」

同時に膣内もきゅっと反応し、思わず暴発しそうになった。

俺は耳に続き、その首筋も刺激していく。

「んぁっ、そこも、あっ♥ 弱い、からぁ……♥」

ステラはますます敏感に反応してくれる。

同時に、うねる膣襞もより積極的になっていくようだった。

「あっ、ん、はぁっ……♥」

ステラは大胆に腰を振っていき、お湯が波打つ。

膣襞が肉棒をしごき上げ、精液をねだるかのようにうねる。

「んはぁ、あっ、ん、くぅっ……♥」

「ステラ、う、あぁ……」

「あぁっ、ん、もう、イキそ……んぁっ♥」

ピストンを行う彼女に、俺も限界が近づいてくる。

「あっ、ん、はぁっ、イクッ！　ん、タズマ、ん、はぁっ……♥」

ステラはそのままリズミカルに腰を動かしていく。

蠕動する膣襞が肉棒を締め上げ、しごき上げる。

「あっ♥　んはぁっ♥　あふっ、イクッ！　ん、ああっ！」

浴室に響く嬌声と水音。

「出すぞ！」

俺は限界を感じ、彼女へと腰を突き上げる。

「んはぁぁあぁっ♥」

びくっと震えながら喘ぐ彼女。

どびゅっ！　びゅるるるるっ！

腰を突き上げながら、その膣内に射精した。

「んぁっ♥　あ、びゅくびゅく、出されて、イクゥッ♥」

彼女は中出しを受けて絶頂を迎える。

オマンコが吸い付き、精液を搾り上げていく。

「あっ♥　ん、はぁっ、ああっ……！」

そのまま気持ちよさそうに声をあげて、俺の精液を受け止めていった。

「んふぅっ……♥」

ひとしきり身体を震わせた後で、力を抜いてこちらへと背中を預けてきた。

俺は後ろから彼女を抱きしめて、しばらくそのままお湯で温まるのだった。

●

チェルドーテとステラの都合が合ったため、今日も四人で夕食をとることになった。

ステラは外出を好むタイプというわけではないものの、まったく外に出ない、という訳でもない。

街を出歩いたり買い物にいそしむよりも、錬金術師として魔道具をいじったり研究したりするほうが優先度が高め、というわけだ。

しかし、原作以上にチェルドーテとも交流するようになっているし、ファータが店で働くようになってからは、こうして四人で過ごすというのも増えているのだった。

まずは街のレストランで食事をとり、その後、チェルドーテの家へと移動することになった。

俺は少しペースを落として、後ろから三人を眺めた。

夜風が心地よく、ちらほらと歩く人がいるものの、道幅は十分で、多少広がって歩いても邪魔にはならない。

車通りもほぼなく、前世ほど道幅を気にしなくていいのは楽だ。

その緩さは、技術の発展とともに失われていくものなのだろう。

テンション高めのチェルドーテやファータと、ふたりに比べれば大人しいタイプのステラ。

原作では見ることのなかった後ろ姿を眺める。

俺は主人公の位置にいて、バッドエンドを回避するために動いた。

結果として、本来ならありえない、この時期に三人がそろって仲良くしている光景を、眺めることができていた。

しかし俺自身は、決して主人公ではない。

悲劇の回避の仕方だってそうだ。

原作の知識を使ってショートカットをしたり、通るはずだったイベントを通らなかったりした。

密接な関係に至るまでの考えについても違ったし、そもそも知識として彼女たちの過去を知ってはいても、思い出を共有した主人公は俺じゃない。

彼女たちがエロくなければ、こんな風には進めなかったな。

主人公との違いを伏せ続けているというのは後ろめたくもあり、かといって告げることがいいことでないのも確かだ。

主人公＝プレイヤー、という考えでは、俺のしていることは前世と同じ、とも言える。

この世界に主人公としての身体は持っていても、本質は画面の前でプレイしているときと変わらない。

「タズマ？」

ステラがこちらを振り向いて、首をかしげた。

「ああ」

俺はうなずいて、彼女たちに追いつく。

「疲れた？」

チェルドーテが心配げにこちらをのぞき込んできたので、俺は「いや」と首を横に振った。

「ちょっと後ろから、三人を眺めていただけだ」

「なにそれ」

チェルドーテは小さく笑いながら言うと、腕を組んできた。

ぎゅっとしがみつかれ、その柔らかな胸が押し当てられる。

「後ろから見るより、並んで歩いたほうがいいでしょ？」

「もちろん、そうだな」

「じゃあ、わたしはこっち」

反対側から、ファータが抱きついてくる。

「ほら」

チェルドーテはステラを呼ぶと、彼女と場所を変わる。

「ん」

今度はステラが抱きついてきて、チェルドーテは一歩さがった。

「確かに、後ろ姿を眺めるのも、悪くないかもね」

一番年上の彼女はそう言って、しかしすぐに後ろから、俺の首へと手を回した。

三人に抱きつかれてはずいぶんと歩きにくかったが、道は広いし、急ぐ理由もない。

俺たちはのろのろと、ひとりで歩く四倍以上の時間をかけて、石造りの道を進んでいくのだった。

●

ステラの魔道具は順調に評価を上げており、それに伴ってこれまでとは違った層からのアプローチも来ているようだった。

今の彼女は適度に依頼を絞っているものの、その名は貴族にまで届いているようだった。

俺はそんな彼女と、原作以上に多くの時間を過ごしている。

魔道具については専門知識がないので手伝えないが、それ以外の面で役に立てればいいと思う。

普段通りに彼女の家を訪れ、軽い掃除をして料理を作っていく。

そして時間になると、ステラが工房からこちらへと上がってきた。

工房から戻ってきた彼女は、やはり少し疲れている様子だったが、俺を見つけると笑顔を浮かべた。

「ん、ありがと」

「ああ、お疲れ」

そしてそのまま、一緒に食事をとる。

「そういえば今日」

彼女が食事をしながら切り出した。

「貴族の人が来て、つくって欲しいものがあるって」

「ほう。貴族直々とはすごいな」

「依頼を持ってきたのは、使用人だけどね」

貴族が魔道具を必要とするとき、一番多い調達方法は、出入りの商人に話をすることだ。

一般的なものからちょっと珍しいくらいのものまで、商人が用立てて持ってきてくれる。

錬金術師は普通に商人へ品物を卸すだけだ。

もちろん、場合によっては貴族用の装飾などを施す場合もあり、売り先が貴族だと知る機会はそれなりにあるが。

「なんか、部屋の温度を調節する機会を作ってほしいって」

「それは……」

現代的に言えば、エアコンだな。

暖炉のような暖房器具はこちらにもあるが、反対に部屋を冷やす装置というのはない。

魔道具には冷蔵庫的なものもあるため、まったくの無理ということはないだろうが、今のところエアコンの話は聞かない。

現代日本に比べれば、この世界が涼しいというのもあるのかもしれない。

当然、天気予報などはないし、かといって温度計がそこかしこにあるわけではないので体感になるが、連日三十度を超えるようなことはないため、エアコンの重要度も一般的には低めなのだろう。

そんなわけで、現状この世界にエアコンは存在しない。

商人に言ったところで、ないものは手に入らない。

そこで、最近評価を得ている錬金術師であるステラのところに、話が来たのだろう。

と、それだけならば問題はないのだが……。

エアコンの作成は原作にも登場するイベントだ。

予定よりも遅かったが、いよいよステラルートの問題点がやってきたのだ。

この世界でエアコンを再現するとなると、魔法的には火属性と、水から派生する氷属性、そして風属性の複合に加えて、それらをバランスよく制御する必要がある。……ということらしい。原作での話であり、実際のところそれがどのくらいのものなのか、俺には把握しきれないが。

原作のステラは、その挑戦的な発明に挑む。

個別ルートに入った状態とはいえ、原作のステラはこのときでもまだ、発明に傾く気持ちのほうが大きかった。

主人公に対する好意はあるものの、それもよりずっと、優れた錬金術師となることで認められたいということを望んでいた。

エアコンの難易度が高いこと自体もあるが、そういった気持ちの揺らぎや焦りもまた事故の遠因となったのだ。

しかしこちらのステラは、原作よりも俺やチェルドーテとの交流に重きを置いているし、こうして過ごす時間も増えている分、話を聞いてもらいやすいはずだ。

絆という点では、魔法もすでに発動できそうだが、出来れば事故自体避けられた方がいいに決まっている。

どう話せば事故を回避出来るか……。

いきなり事故の予言なんてしても怪しいだけだしな。かといって、単に気をつけるように話したところで効果は薄そうだ。いや、そもそもいきなり気をつけるように話すこと自体が不自然だとも言える。

普段の俺は、そんなこと言わないしな。素人だと思われているだろうし。

そう思って考えていると、ステラがこちらを見つめているのに気づいた。

その目は普段の、甘えたりエロい雰囲気だったりするものとは違う。

こちらをじっと見る彼女は、何かを考えているようだった。

「どうした……?」

その目が気になって問いかけると、ステラはさらに考え込むようにしながら答えた。

「この依頼、失敗する？」

突然そう聞かれて、俺は言葉に詰まった。

「タズマはさ」

そんな俺に、彼女は言葉を続けた。

「時々、私たちには見えないものを見てるよね。チェルドーテの話も聞いたけど」

元々接点があり、最近ではより距離が近くなっているチェルドーテ。

彼女のルートを解決するために俺がしたことも、詳細はともかく大枠については聞いていてもおかしくない。

そして、それは原作知識を元にした決め打ちの調査だった。

本来ならば相手取れない大物を、情報アドバンテージを使って退けているのは、よくよく考えれば不思議な話である。

「ああ……」

元現代人の俺からすると、異世界転生は、実際にそうだと言われれば疑わしいものの、概念としては理解しやすいものだ。

しかしこっちの世界だと、そういう娯楽もないだろうし、どう話したものか、と考える。

未来予知、とは少し違うし、何より原作イベントがほとんど終わっている今、この先についてはわからないしな……。

「そうだな。いくつか、知っていることはある。そんなに万能なものじゃないが」

言い方に迷うが……いっそ、ありのままでいいか、と思うことをした。

「信じられないような話だろうが」

俺は、ステラに話すことにした。

自身は元々、別の世界で生きていたこと。

そちらの世界で、ここのことを一部、他人事として知っていたこと。

突然こちらの世界でタズマとして目覚め、その知識を使っていたこと。

そして俺が知る範囲はそう広くなく、もうほとんど関連する出来事が終わっていること。

うさんくさいこと極まりない話だが、ステラは俺の話を聞き終えると、小さくうなずいた。

「そうなんだ」

すべてを納得した訳ではないだろうが、彼女は否定もせず、ぼんやりと受け入れてくれたようだった。

その温度感は、割と心地がいい。

とても鵜呑みには出来ないような話にとっては、ちょうどいい落としどころに思えた。

「具体的な失敗の原因ってわかる？」

落ち着いたところで、彼女はそう尋ねてきた。

「魔術的なことはわからないが、起きた出来事だけなら」

俺はステラのルートを思い出しながら、失敗の際に起こったことや、原作でステラが負う怪我についても思い出せる限りのことを話した。

「ん、ありがと。それだと多分……」

彼女はその情報から、失敗の内容について考えていく。

「でも、きっと一番のことは、私の問題だね」

ステラはひとしきり考えた後、そう言った。

原作でも、魔道具作成の難易度自体は高いものとしつつ、それでもステラなら本来大丈夫、という扱いだった。

グッドエンドとバッドで多少異なるが、心に生まれた迷いや焦りによって、普段なら切り抜けられる場面で失敗してしまった、という感じだ。

「そういう意味では、多分、この私は大丈夫。ちゃんと気をつけるけど」

原作とは余裕が違うステラ。

今の彼女は精神的にも落ち着いており、俺の正体についても先から見抜いていたほどだ。

そういう意味で、展開はかなり異なってきていると言える。

「なにより、タズマから失敗の状況を聞けたしね」

ステラはそう言って笑みを浮かべた。

俺の原作知識はずるみたいなものだが、彼女たちになにかあるくらいならずるでもいい。

原作通りの解決を、主人公でない部分だけ補ったチェルドーテのときとはやり方が違う。

今回は大きなイベント自体を阻止してしまうという点で、より邪道にはしっているが、それでもステラが怪我をするよりはマシだ。

それが結果的に魔法の力で治るものだとしても。

「ん。これだけ先に情報があれば、失敗はしない」

そう言った彼女は、俺を安心させるように微笑んだ。

「でも、一応万全を期して、普段よりスケジュールに予定を持たせて、ゆっくり進めることにする」

「ああ、それがいいな」

魔道具について門外漢の俺は、細かい部分については手出しできない。

チェルドーテのときみたいに、裏技みたいな解決もできないしな。

結局は、彼女自身にどうにかしてもらうしかないのだ。

そうして、ひとまず話を終えた。


転生者であることを話してしまったが、いざ吐き出してみると、どこかすっきりもしていた。

かなり最初の時点から、主人公のようにスマートにはいっていない。

それを認めてしまうことで、重荷が一つ、肩から降りた感じがする。

それもまた、主人公らしからぬ、情けない話ではあるが。

でも、その結果として彼女たちのバッドエンドを回避出来たのなら、前世の俺よりは十分に良くやった、という気もする。

不格好なりにできることをやった。主人公とは違うが、それで十分なのではないだろうか。

ステラが作業に取りかかると、俺に出来ることは何もない。

すでに伝えられることは伝えており、そこからはステラ次第だ。

原作とは流れも違うし、情報アドバンテージもある。

以前には、開発自体を諦めさせるのが最善かとも思ったが、上手くいくならそのほうがステラも嬉しいだろう。ここは見守るターンだ。

ステラなら大丈夫……とは思うものの、やはり心配にもなってしまうのだった。

チェルドーテの店で働き、目の前の仕事に向き合う間はそちらに集中できるものの、手があくとやはりいろいろと考えてしまう。

ただ、どう考えてみたところで、今回は俺に出来ることなどない。

原作本来の主人公が解決したときも、それは事故が起こった後だった。

この段階では何も出来ないのだ。

だから信じて待つしかないのだが、無駄だとわかっていても不安がぐるぐると頭の中に浮かんで来てしまう。

そうして仕事を終えると、チェルドーテが声をかけてきた。

「タズマ、このあと忙しい？」

「いや、特に予定はないけど」

ひとりでいても落ち着かない。それだけは確かだった。

「じゃ、ちょっと付き合って」

「ああ」

チェルドーテにうなずいた。

店を閉めると、そのまま二階にある彼女の部屋へと向かった。

「今日は俺が作るか」

「そう？」

彼女はこちらの様子を窺うようにしている。

「ああ。材料、適当に使うぞ」

「うん。ありがとう」

手を動かしているほうが落ち着く。

チェルドーテほどのレパートリーはないが、簡単なものであれば問題なく作れる。

そうして準備を進め、一緒に夕食をとるのだった。


夕食を終えた後、彼女が切り出してくる。

「悩みごと、解決しそう？」

心配げにこちらを見つめるチェルドーテ。

「ステラのことでしょ？」

「ああ」

仕事前後も悩みが顔に出ていたため、すっかりと見抜かれていた。

ステラが詳細について話すことはないだろうが、普段とは違う仕事がきたことは話しているのかもしれない。

「タズマが動いてないってことは、相手が怪しいとかじゃないのよね？」

「うん。依頼そのものは、何もおかしくない。ステラが錬金術師として有名になったから、貴族が自分のお抱えじゃ出来ない仕事を回してきただけみたいだ」

実際、原作でもこちらでも、依頼主に問題があるわけではない。

確かに難しい依頼ではあるものの、仕組まれたものなどではなく、本当にただの事故だ。

可能性があるなら避ける、というのは一番安全だが、反面、万全のステラにとっては無理でもないというのが設定上のバランスだった。

事故はステラの心が問題となって起こる。

そういう意味では、根の部分から変わってきているこの世界では、事故は起こらないのが妥当だと言えた。

「どうにかできることは頑張れるだけ頑張ればいいけど、どうにもできないことは、考えすぎても仕方ないよ」

そう言った彼女は、こちらをのぞき込む。

「といっても、そう切り替えられるものでもないと思うけどね」

「ああ」

不安に思ってぐるぐると考えるのは、結局何も出来ない自分の落ちつかなさでしかない。

「生活面のサポートとかも、集中しているときにいろいろやりすぎても、かえって役立てなかったりするしね」

本質としては助けになっていても、いきすぎると不安を解消するための自己満足になってしまうことも世の中には多々ある。

「タズマはタズマで、普通に過ごせていればいいと思うけどね。あとはもっとシンプルに、不安で暗い顔をしてるタズマを見ても、きっとステラはよろこばないよ」

「ああ」

彼女の言うことはもっともだ。

出来ることがないのなら、無駄に悩んで暗くいるのは、なんのプラスにもならない。

そこですぐに切り替えられればいいのだが……。

立ち上がった彼女が、俺の後ろへ回って、そのまま抱き締めてきた。

柔らかな胸が俺の身体でかたちを変える。

「難しいことを考えられない時間を作ってあげる」

そう言って、彼女の手が俺の身体を撫でる。

そういう気分ではない、という考えもよぎったが、チェルドーテの心遣いに答えた方がいい、とも思う。

そんな俺の迷いはもちろん見越した上で、彼女は正面へと回ってきた。

「ん、ちゅっ……♥」

そして俺の上に跨がり、キスをしてくる。

「ちろっ……」

そのまま舌を入れてくる彼女を自然と受け入れていた。

「れろっ……ん、はぁっ……♥」

口を離した彼女は、至近距離で俺を見つめる。

「タズマ……」

彼女は俺に跨がったまま、軽く身体を動かしていく。

チェルドーテのお尻が俺の股間を擦り上げていった。

「んっ……ふぅっ……」

彼女が身体を揺らすと、股間に淡い刺激が走る。

誘惑されていると、ムラムラとした気持ちが湧き上がってきた。

「チェルドーテ」

「ん、こっち……」

彼女は俺の手を引いて立ち上がらせると、そのままベッドへと誘った。

俺はそんなチェルドーテの背を追い、ベッドまで来ると、彼女を押し倒す。

「きゃっ……♪」

可愛らしい声をあげて、そのままベッドに倒れ込むチェルドーテ。

彼女は仰向けになって、こちらを見上げた。

俺はそのまま、彼女へと覆い被さる。

「んっ……」

仰向けになっても十分なボリュームを誇っている爆乳。

その双丘へと手を伸ばしていく。

「んぁ……ふぅっ……」

柔らかな乳房の感触を味わいながら、彼女にキスをする。

「ちゅっ……ん、はぁっ……」

口づけをしながら胸を揉んでいく。

手に収まりきるはずもない大きな乳房が、揉まれてかたちを変えていく。

服越しではあるものの、元々露出度も高く、その防御力はたかがしれている。

「んむっ……はぁ……ちゅっ……♥」

キスを繰り返しながら、その少ない布さえもはだけさせていった。

「ん、れろっ……」

彼女に覆い被さり、舌を絡めながら、生乳へと手を伸ばす。

むにゅんと柔らかく沈みこむ乳肉。

「んむっ……ん、はぁっ……ああっ♥」

爆乳を揉みながら口を離すと、彼女が艶めかしい声をあげる。

「タズマ、んっ……」

彼女は俺の頭を抱えるように抱き寄せて、その爆乳へと向けた。

俺はそのまま柔らかな双丘に顔を埋める。

おっぱいが俺の顔を覆い、甘やかな匂いと感触が伝わってくる。

爆乳に包み込まれ、心地よい息苦しさを感じながら、俺は手を動かしていった。

たわわな果実を揉むと、かたちを変える爆乳が俺の顔を刺激する。

「んっ♥　はぁ……」

彼女の声も少しくぐもって聞こえる。

おっぱいに包まれ、揉みながら、俺は興奮に肉棒を硬くした。

「はぁ、ん……」

彼女も興奮しているようで、それが俺を喜ばせる。

顔をずらしていき、俺は乳首を口に踏んだ。

「あんっ♥」

すでにぷっくりと存在を主張しているその乳首を、舌先で転がす。

「あっ、ん、はぁっ……」

胸を揉みながら、乳首を咥えて愛撫する。

「んんっ、あっ、んぅっ♥」

手と口でその胸を味わっていくと、チェルドーテが艶っぽい声を漏らしていく。

「んはぁっ、あっ、乳首、そんな風に舌でいじられると、んんっ♥」

舌先を尖らせて、ぷっくりした乳首をレロレロと刺激していく。

「んはぁっ、あっ、あっ、んんっ！」

さらに刺激を与えるため、乳首を重点的に吸っていった。

「ああっ♥　そんなに吸って、んぅっ、あんっ！」

もう片方の乳首を指先でいじっていく。

吸い付きと指愛撫、二種類の刺激をそれぞれに与えられて、チェルドーテはさらに感じているようだった。

「あっ、ああっ……♥　それ、ん、ふぅっ、だめぇっ……♥」

可愛らしく身をよじるチェルドーテ。

乳首に吸い付き、指先でいじり、そんな彼女をさらに高めていく。

「はぁっ、ん、ふぅっ、んはぁっ……♥」

俺は夢中になって、彼女の乳首を責めていった。

「あっ、だめ、ん、ふぅっ……あぅっ、あたし、乳首だけで、イっちゃ、ん、ふぅっ……」

「ああ、いいぞ。感じてるところ、もっと見せてくれ」

そう言って、再び乳首に吸い付いた。

「んはぁっ♥　あっ、んんっ！　イクッ、ん、あっ♥　あああぁぁあっ！」

ビクンと身体を跳ねさせるチェルドーテ。

軽くイったようだ。

俺は彼女の乳首を解放して、少し身体を浮かせる。

「はぁ……ん、ふぅっ……♥」

快楽の余韻に呼吸を荒くするチェルドーテの姿はとてもエロく、俺はそんな彼女の服へと手をかけ、脱がせていった。

「んぅっ……♥」

そしてするすると服を脱がしていき、最後の一枚に手をかける。

さきほどの様子でもわかるとおり、彼女の下着はもう愛液がしみ出していた。

下ろしていくと、クロッチがいやらしい糸を引くのと同時に、閉じ込められていた女の香りが広がる。

その匂いも本能に訴えかけてきて、オスの昂ぶりを加速させていった。

俺は自身の服を雑に脱ぎ捨てると、彼女の淫気に当てられて勃起した肉棒を解放した。

「あっ……♥　タズマ、すっごいことになってる……」

隆起する肉竿を、チェルドーテは期待に潤んだ目で見つめた。

俺は彼女の足を開かせると、その剛直を濡れたオマンコへとあてがう。

「ああっ……きてっ……」

「ああ」

俺はぐっと腰を突き出すように、挿入した。

「んはぁっ♥」

十分に濡れた蜜壺は、ぬぷりとスムーズに肉棒を受け入れていく。

蠕動する膣襞が肉棒を擦りながら迎え入れた。

「ん、はぁ……タズマのおちんぽ、入ってくるの、気持ちいいっ……♥」

「俺も、チェルドーテのオマンコにチンポを咥え込まれて、気持ちいいな」

そう言うと、膣内が喜ぶようにきゅっと反応した。

その気持ちよさを感じながら、腰を動かし始める。

「んっ、はぁ、ふぅっ……」

熱くうねる膣襞を擦り上げながら往復していく。

ぐっと身体を落とし、彼女の体温を感じながら腰を振っていく。

「あっ、ん、ああっ♥」

爆乳の柔らかさを感じながら腰を動かしていくと、チェルドーテがぎゅっと抱きついてきた。

腰の動きは小さくなってしまうものの、密着感が増して精神的な快楽は膨らむ。

「ああっ、タズマ、ん、ふぅっ♥」

彼女はそのおっぱいを押しつけるかのように、俺の身体を引き寄せていく。

軽く体重をかけるようにして柔らかな胸を押すと、膣内が収縮した。

「んんっ、はぁっ、ああっ！」

彼女の嬌声が、すぐ耳元で聞こえてくる。

艶めかしい声と、指に触れるおっぱい。

密着状態で彼女を全身に感じながら、その膣内を突いていった。

「ああっ、ん、あっ♥　太いおちんぽが、あたしの中をいっぱいにして、ん、はぁっ……♥」

身体を重ね、密着しながら最大限に腰を振っていく。

膣襞が肉棒をしっかりと咥え込んでしごき上げてくる。

その気持ちよさに、射精欲が膨らんでいった。

「ああっ♥　ん、はぁっ……タズマのおちんぽ、あたしの中で暴れて、んはぁっ♥　ズンズンされて、も、イクッ……！」

高まりを感じた彼女が、より強く俺に抱きつきながら、腰を突き上げるようにした。

全身で俺を求めるそのえっちな姿に、種付け欲求が膨れ上がる。

「チェルドーテ、もうっ……」

「んんっ♥　タズマもイキそうなの？　ん、はぁっ♥　いいよ……あたしの中に、んぁっ♥　濃いドロドロ、いっぱい出して♥」

俺はその言葉に導かれるまま、ラストスパートをかけていく。

「んはぁっ♥　あっあっあっ♥　すごっ、おちんぽ、ズプズプってオマンコを突いて、んぁっ♥　あっ、あたしの中で、ん、ああっ！」

「ぐっ、出るっ……」

「んはぁっ♥　あたしも、イクッ！　ん、あっあっ♥」

「う、ああっ！」

俺はぎゅっと彼女を抱き締めながら、その膣内に射精した。

「んぁっ♥　イクッ、精液出されて、イクイクッ、イックウウゥゥゥッ！」

彼女も絶頂を迎え、むぎゅっと強く抱きついてくる。

密着状態で中出しをし、その膣内に精液を注ぎ込んでいく。

「あっ♥　しゅごっ……ドロドロザーメン、あたしの中にいっぱい出てる……♥　ん、はぁっ♥」

彼女はそのエロマンコで、余さずに精液を搾りとっていった。

「んぁ……♥　はぁ……ふぅっ……♥」

そしてそのまま、絶頂の余韻で脱力していった。

俺も放出を終え、力を抜いていく。

「んくぅっ♥」

引き抜く際に膣襞がこすれ、チェルドーテが甘い声を漏らした。

俺はその隣へと倒れ込む。

射精後の心地よい疲労感に包まれながら、一息つくのだった。

●

作業に取りかかってから時間が過ぎ、ステラは無事に魔道具を完成させた。

あらかじめ注意していたことで事故も起こらず、問題なく納品もされた。

さすがに大仕事ではあったようで、仕事を終えた彼女から連絡を受けた俺は、ねぎらうためにどこか店を予約しようかと話したのが……。

彼女の希望で、まずはステラの家で料理を作ることになった。

まあ、疲れていると外へ出るのも大変だしな。

そんなわけで、いつもより気合いを入れて、料理を作ることにしたのだった。


食事を終えた後は、ソファでふたり、のんびりと過ごす。

ステラは俺の膝の上に乗り、その身体を預けてきた。

「ん、こうしてタズマに座るの、落ち着く……」

そう言って甘えてくるステラを、俺は後ろから抱きしめる。

「何事もなくてよかった」

「ん。タズマが先に、教えてくれてたから」

ステラはいつもとそうかわらない様子で言った。

俺の状況もあっさりと受け入れた彼女は、前世の件について、ほとんど気にしていないようだった。不思議に思って尋ねると、彼女はなんでもないように答える。

「私にとって、タズマはこのタズマだけだから」

そう言って、俺の腕をぎゅっとする。

それは当然のようでいて、俺にとってはこれ以上ない言葉だった。

「私を見守ってくれて、ありがとう」

ステラはそう言うと、身体を反転させて、俺と向かい合った。

それでも膝の上に座ってはいるので、距離がとても近い。

乗っかっている分、いつもより頭の高さが近かった。

「んっ……」

彼女はそのまま、キスをしてくる。

柔らかな唇が軽く触れ、すぐに離れた。

「好き」

短く言ったステラは、もう一度キスをしてくる。

「んっ……」

今度は舌を伸ばしてきた。

俺は舌でそれを迎え入れる。

「れろっ……」

温かな舌が、こちらの舌をくすぐってくる。

互いの舌を絡め合いながら、吐息を交換した。

「んむっ……ちろっ……」

彼女がぎゅっと抱きつき、密着度が増す。

大きな胸が俺の身体で柔らかくかたちを変えた。

その心地よい感触と、舌愛撫がいい。

「ね、タズマ……」

口を離すと、彼女がうるんだ瞳でこちらを見つめた。

ステラはチラリと視線を動かす。

その誘導に従って、俺たちはベッドへと向かった。

「んっ……」

ベッドにつくと、彼女は俺に覆い被さるようにして、またキスをしてくる。

「ちゅっ……♥　んぁ……」

そして何度かキスを繰り返すと、手を下へと滑らせていく。

胸からお腹へと手を動かしていった彼女は、そのまま俺の股間へと手を伸ばした。

「ん、タズマのここ、キスで反応しちゃってる……♥」

舌を絡め合い、身体を重ねながらキスをされれば、当然そこは反応してしまう。

彼女はそれに気を良くしたようで、今度はズボンの中へと手を入れてきた。

パンツの中に入り込んだ手が、肉竿に触れる。

「つかまえた」

そう言って、彼女がそのままにぎにぎと肉竿を刺激してくる。

「うっ……」

「私の手の中で、さらに大きくなってる……」

ステラは楽しそうに言いながら、さらに手を動かしてきた。

下着の中でまさぐられているので、動き自体は控えめなものの、上に乗った彼女がもぞもぞと手を動かして愛撫してくる状態は、なんだか妙なエロさがある。

「下着の中で、すごく狭そうになってる……おちんちんこんなに大きくして、はみ出しちゃいそう。ほら……」

彼女はそう言うと、下着の中で勃起した竿を上向きにする。

下着に挟まれた状態ではみ出す亀頭を、彼女が指先でいじってきた。

「あぁ……」

敏感な部分を責められて声が漏れる。

また、上部分だけはみ出した状態というのが落ち着かない。

「苦しそうだし、ちゃんと出してあげないとね」

彼女はそう言いながら、身体を下へとずらしていった。

「えいっ♪」

そして下着ごと、ズボンを一気におろしてしまう。

解放された肉竿が上へと跳ねると、ステラはそこへ顔を寄せた。

「こんなにビンビンに勃たせて……♥」

そそり勃つ肉棒を眺め、彼女は舌を伸ばした。

「れろっ♥」

「あぁ……！」

温かな舌が裏筋を舐めたので、思わず声をだしてしまう。

「おちんぽ……舐められるの好き？」

上目遣いにこちらを見ながら、尋ねてくるステラ。

その可愛らしさだけで、期待が高まってしまう。

「ああ」

「ん」

素直にうなずくと、彼女は大きく舌を出した。

ピンク色の舌をこちらへと見せつけるようにしながら、大きく動かす。

「れろんっ……」

「うぁ……」

アピールによって高められ、与えられる刺激が大きく感じられる。

「ん、れろっ……」

それを確認した彼女は、そのまま舌を伸ばし、続けて舐めてきた。

「ぺろっ……ちろっ……」

ステラの舌が、肉竿の先端を中心に舐め回してくる。

「れろれろっ……んっ、ぺろんっ」

ぺろぺろと舐められていると、気持ちよさが広がっていく。

「ん、ちろっ……おちんちん、濡れていやらしい感じになってる、あむっ♥」

うっとりと肉竿を見つめた彼女は、その小さなお口で亀頭を咥えてきた。

温かく湿った口内が先端を包み、その中で舌が動く。

「れろっ……ちゅぷっ……♥」

「うぁ……ステラ……」

その気持ちよさに思わず声を出すと、彼女は肉竿を咥えたまま、妖艶な笑みを浮かべた。

「ちゅぷっ……咥えられるの、気持ちいい？　じゅぷっ」

「あぁ……！」

「じゅぶぶっ、それじゃあもっと、ちゅぱっ♥」

うなずくと、彼女はさらに積極的にしゃぶってくる。

「ちゅぱっ、じゅる、れろっ♥」

頭を前後させながら、チンポをしゃぶっていく。

あどけない顔をしながらも肉竿を愛撫する姿は背徳的なエロさで、余計に昂ぶりを煽ってきた。

「じゅぶぶっ！　ちゅぱっ、れろっ♥」

積極的なおしゃぶりで、すぐにでも出してしまいそうになる。

「あむっ、ちゅぱっ、ん、先っぽから、お汁があふれ出してきてるね。ちゅうっ♥」

「うっ、あぁ……！」

チンポに吸い付かれ、強い刺激に声を漏らす。

「ん、どんどん出てくる、ちゅぷっ、ちゅぅっ！」

彼女はさらに肉竿に吸い付き、我慢汁を飲んでいった。

「あぁ……ステラ……」

「ん、いいよ。このまま、お口に出して。じゅるるっ！」

「うぁ、出そうだっ」

「じゅぷっ！　じゅるっ、れろっちゅぱっ♥　ちゅぅうっ！」

彼女はこれまで以上に激しくチンポをしゃぶり、バキュームしてくる。

「じゅるっ、ちゅぶっ！　れろれろっ、じゅるるるっ！」

「ステラ……！」

俺はこみ上げる射精欲に声をあげる。

「じゅぶっ！　じゅぼぼっ♥　じゅぷっ、れろっ、ちゅうぅっ♥　じゅるるるるっ！」

「あぁっ！　出る、うぅっ……！」

肉棒を深く咥え込んだ状態でバキュームするステラの口内に、射精した。

「んぐっ、ん、じゅるっ、んくっ♥」

勢いよく飛び出す精液を、彼女はお口と喉で受け止めていく。

「じゅるっ、ちゅぅぅっ♥」

「ああ、今吸われるのは、うっ……」

射精中の肉棒をバキュームされ、精液が吸い上げられていく。

俺は快感のまま、精液を放っていった。

「ん、んくっ、ごっくん♪」

しっかりと精液を飲み込んだステラが、口を離した。

「あふっ……タズマのどろどろせーえき、いっぱい出たね……♥」

発情顔で俺を見上げた。

俺は射精の余韻に浸り、そのままぐったりと倒れている。

彼女は膝立ちになると、服を脱いでいった。

俺は仰向けのまま、ステラのストリップを眺める。

「んっ……」

上半身を脱ぎ去ると、小さな身体でより強調されて感じられる、大きなおっぱいがぷるんっと揺れながら現れる。

そのまま立ち上がると、彼女は下も脱いでいった。

「ん」

下着に手をかけ、するすると下ろしていく。

特にエロい脱ぎ方ではないのだが、その素朴さがかえって背徳的だった。

すぐにつるんとした割れ目が現れる。

彼女のそこはもう愛液でいやらしく濡れていた。

俺がそれに見とれていると、ステラは手にした小さな布をベッドへと放る。

「タズマのおちんぽ、まだいけるよね？　こんなに元気だし」

そう言って、ステラがつんつんと指先で亀頭をつついた。

先程バキュームフェラで出したばかりだが、肉棒はそそり勃ったままだ。

ステラは俺に跨がるようにして、肉竿をつかむ。

またいで足を開いたことで、その割れ目が小さく口を開けた。

無垢にも見えるステラだが、その蜜壺はしっかりとオスを求めるメスのものだった。

「んっ……」

彼女は足を曲げ、腰を下ろしていく。

つかんだ肉棒を自らのオマンコへと向け、その濡れた割れ目を近づけてきた。

「はぁ♥　ん、ふぅっ……」

亀頭が膣口と触れあい、そのままぐにゅっと押し広げる。

「あぁ……♥　ん、はぁ……」

ステラは腰を下ろしていき、そのオマンコに肉棒を収めていった。

「はぁ、ん、入った、んぅっ……」

彼女はそのまま座り込むようにして、肉竿を迎え入れる。

「ん、さっそく動く、ね……♥」

熱くうねる蜜壺は、すぐに肉棒にしゃぶりついてくる。

ステラはさきほどのフェラで興奮しているようで、もう待てないとばかりに、腰を動かし始めた。

「ん、ふぅっ、はぁ……♥」

彼女はなめらかに腰を動かし、そのオマンコで肉棒を味わっていく。

蠕動する襞が肉竿を締め付け、しごき上げてきた。

「はぁ、ん、ふぅっ……♥　太いの、私の中を、いっぱい広げてきて、んぁ……♥」

小柄な体型にふさわしいキツめのオマンコが、肉棒を必死に締め付けている。

健気なようでいて淫乱な膣内は、精液をねだるかのように快感を送り込んできた。

「あっあっ♥　ん、はぁ、あふっ……」

俺の上で、ステラが腰を振っていく。

発情顔の彼女がこちらを見下ろしながら、ピストンを行っていった。

「ん、タズマ、はぁ、んっ……♥」

頬を染め、蕩けた表情のステラはとても艶めかしい。

その顔の手前で、ステラの大きな胸が揺れる。

たぷんっ、ぽよんっ……。

「あっ、ん、ふぅっ、んぁっ♥」

彼女が腰を振るのに合わせて、柔らかそうに弾むおっぱい。

ちゅぷっ、じゅぽっと水音を立てる接合部と、発情顔で見つめるステラ。

その間で弾む大きなおっぱい。

俺はその光景を堪能するのだった。

「はぁ、あっ、んっ……♥　おちんぽ、気持ちよすぎて、あっ♥　私、も、イきそうっ……！　ん、はぁっ、ああっ……♥」

「ステラ」

可愛らしい姿に、俺の欲望も滾ってくる。

俺の上で、小さな身体を振っていくステラ。その細い腰へと手を伸ばし、つかむ。

「ん、タズマ？　んはぁっ♥」

そして、俺は腰を突き上げた。

突然の刺激に、ステラは身体をのけぞらせながら嬌声をあげる。

「んぁ♥　それ、だめぇっ……急にされて、ちょっとイっちゃっ、ん、はぁっ♥」

可愛らしく喘ぐステラに、俺はさらに腰を突き上げていった。

「んくぅっ♥」

快楽にあられもない声をあげる。

その膣内は、もっとしてと言わんばかりに締め付けてくる。

「あっあっ♥　んぅっ、あっ、イったのに、そんなに突かれたらぁっ♥　んぅっ、もっと、すごい

のきちゃうっ♥　ん、ああっ！」

快感に乱れるステラを見上げながら、俺はオマンコを突いていった。

「んぁあっ♥　あっ、イクッ！　ん、あっあっあっ♥　イっちゃう！　んぅ、ひぅ、ん、イックウウゥウゥッ！」

先程よりも激しく、ステラは絶頂を迎えた。膣襞が収縮し、肉棒を締め付ける。

その動きはより直接的に、チンポから子種汁を搾ろうとする。

「あふっ、ん、ああっ♥　中で、おちんぽビクビクしててっ、せーえき、でそうなの……？」

「ああ、そんなに締め付けられたら、出るっ！」

びゅるるっ、びゅくびゅくっ、どぴゅっ！

きゅっと締まる膣襞に促され、俺は中出しをきめた。

「んうぅっ♥　あっ、熱いの、私の奥に、出てるっ……♥　んぁ、はぁ……♥」

彼女は精液を受け止めるだけでなく、さらにオマンコをうねらせ、搾りとってきた。

俺は気持ちよさのまま、膣内へと射精していく。

「はぁ……ん、ふぅっ……あぁ……♥」

連続イキからの中出しで、ステラは快楽にぐったりと脱力していった。

俺はそんな彼女を抱き留めるように支えると、肉棒を引き抜いていく。

「んぁ……あぁ……♥」

そしてそのまま、隣へと寝かせたのだった。

「タズマ……♥」

彼女はとろんとした表情で、俺へと抱きついてきた。

行為後の火照った身体と、柔らかなおっぱいを感じる。

俺はその心地よさを感じながら、彼女を抱きしめるのだった。

●

目が覚め、ベッドの中でぼんやりとする。

隣ではステラがすやすやと寝息を立てていた。

その寝顔はあどけなく、可愛らしい。

眺めているとじんわりとした幸福感が湧き上がってくる。

俺はベッドから出ると軽くのびをする。

「ついでだし、朝食でも作っておくか」

呟いて、キッチンへと向かった。

軽く野菜とベーコンを切って、スープを作る。

ファンタジー世界においては貴重なものと書かれがちな、塩胡椒などの香辛料は問題なく手に入るものの、さすがにコンソメはない。

そのため、ベーコンなどの加工肉を入れてうまみを出していくのが一番簡単だ。

軽く煮込んでいくと、香りが広がってきた。

パンや卵はステラが起きてから直前に焼くとして、待っている間、俺はお湯を沸かしてお茶を淹れることにした。

スープを煮詰め、あとは食べるときに温めなおせばいい、というところになって、火を止める。

そしてステラの様子を見にいった。

彼女はまだ眠っており、無邪気な寝顔を見せていた。

せっかくなので、しばらくその寝顔を眺めることにする。

ステラはイメージ通りというか、寝相が悪いということもなく、大人しくすやすやと寝息を立てていた。

こうしてあらためて眺めるとやはり可愛らしく、絵になる。

そんなことを思いながら見ていると、ステラが目を覚ました。

「んっ……」

「おはよう」

「ん……おはよう」

彼女はまだ少しぼーっとした様子で、そう答えた。

日頃から比較的おとなしめのテンションなステラだが、寝起きは一層静かだ。

彼女はベッドの上で目を擦っている。

「うぁ……」

そして小さくうめくようにしながら、身を起こした。

彼女は上半身だけを起こした格好で、ぼんやりとこちらを眺める。

いや、まだ起ききっておらず、眺めるというほど、こちらをとらえてはいないかもしれない。

「ん……」

微妙に間があった後、彼女はこちらへと両手を伸ばした。

それはだっこをせがむ子供のようで、俺は彼女を抱き締め、起き上がらせる。

「んぅ……」

身体をこちらに預けるようにしながら、立ち上がるステラ。

そんな彼女を、洗面所へと連れていくのだった。


顔を洗ったことでしっかり目も覚めた彼女と、朝食をとり、皿を洗った後にのんびりと過ごす。

そして一段落したところで俺は立ちあがった。

そろそろ帰ることにする。

「それじゃ、またくるよ」

「ん」

彼女は小さくうなずいた。

俺はリビングを出て、玄関のドアへと手をかける。

この世界では珍しい、オートロックのドア。ドアを開くと、外は小雨が降っていた。

勢いはさほどないため、室内にいると気にならなかったが、いざ歩いて帰るとなると、多少濡れるのは避けられないだろう。少し躊躇していると、後ろから声がかかる。

「なにか、予定あるの？」

リビングから廊下に出てきたステラが、こちらを見ながら言った。

「いや、特に何も」

「それじゃ、止むまでいたらいい」

「いつまで降ってるか、わからないけどな」

そう言うと、彼女は微笑みを浮かべた。

「私は、別にいつまでいてもいいよ？」

いたずらっぽく笑いながら、こちらへと手を伸ばしてきた。

「雨が止むまででも、もっとでも、ごろごろして過ごすのもいいよ」

なんとも自堕落ではあるが、魅力的なお誘いだった。

「あ、ごろごろするだけじゃなくて、違うことがしたい？」

そう言って胸元を軽く広げるステラ。

朝からなんてことを、という建前は、すぐに欲望に押し流される。

「それこそ、雨が止んでも気づかなそうだな」

「それでもいいよ。帰る体力もなくなっちゃうかも♪」

艶やかな笑みを浮かべる彼女が、一歩後ずさる。

それは廊下からリビング、或いはその向こうにある寝室へと、誘いこむかのようだった。

それがわかってもなお——もしくはわかるからこそ——とても魅力的だ。

休日の朝から、いちゃいちゃと家で過ごす一日。

それはある意味一番有意義な過ごし方かもしれない。

「そうだな」

「ん」

俺が言うと、ステラは小さくうなずく。そのままドアから手を離して、ステラのほうへと向かった。

「どうせなら」

彼女は両手をこちらへと伸ばす。

「ベッドまでつれてって」

「ああ」

甘えるように言った彼女を、お姫様だっこしてリビングへ。

俺の後ろで、玄関のドアが閉まる。

小雨の降る外を遮るようにして閉まったドアから、ガチャリ、と鍵のかかる音がした。

俺はそのままステラを抱き、リビングからベッドへと向かうのだった。

第五章　エンディング後の幸福な日々

全員のバッドエンドを回避し、原作とは大幅に違うエンディングを迎えた後の世界。

原作ならその後はエピローグが少し挟まって終わりだが、そこを生きる俺たちには幸せな日々が続いていく。

チェルドーテの店は安定した状態にあり、そこで働くファータも生き生きとしている。

俺はそちらで働きつつ、かわらずに錬金術師として活躍するステラの元へも訪れていた。

この世界基準では忙しい部類に入るのかもしれないが、前世のブラック感とはほど遠い。

適度にメリハリのついた忙しさだった。

そしてなにより、彼女たちに囲まれる、幸せな生活だ。

三人の美女といちゃいちゃ過ごせるのは、男冥利に尽きる話だろう。

●

チェルドーテの店で仕事を終えた後、ふたりが俺の部屋を訪れてきた。

休みの日に遊びに出るときなどはステラが一緒のことも多いが、仕事後の流れで、となるとステラがわざわざ合流するケースはそう多くない。

チェルドーテの店とステラのほうで、忙しいタイミングが必ずしも一致するわけではないしな。

ふたりを部屋に招き入れると、俺は軽くお茶を淹れることにした。

「ちょっと珍しい時間だな」

仕事終わりにそのまま夕食を……ということもあるが、今はもう食事も済んでいるような時間だ。

「そうね。この時間にふたりで来るのはめったにないかも」

チェルドーテはそう言ってうなずいた。

そんな風に話しつつ、ゆったりとお茶を飲んで過ごす。

付き合いの長さに合わせて増える、特に何かがあるわけでもない時間もいいものだ。

そうしてしばらくのんびりと過ごした後、チェルドーテが身を寄せてきた。

「ね、タズマ」

彼女は俺の腿を軽く撫でてくる。

その手つきに、こちらも期待が膨らんでいった。

「わたしも、えいっ♪」

そして反対に来たファータが、もっと直接的に抱きついてきた。

「今日はこのまま、ふたりでご奉仕しよっか？」

俺越しにチェルドーテが言うと、ファータがうなずいた。

「いいね。タズマくんも、ふたり一緒とかドキドキするでしょ？」

「ああ」

俺は素直にうなずいた。

美女ふたりに求められて、嬉しくないはずがない。

俺たちはそのまま、ベッドへと向かった。

「それじゃ、タズマは横になって」

そう言いながら、チェルドーテもベッドへと上がってくる。

俺がベッドの上で仰向けになると、彼女たちは左右へとわかれる。

「まずはあたしたちのここで、タズマを気持ちよくしてあげる♪」

そう言って、チェルドーテは自らの爆乳を持ち上げてアピールしてきた。

「おお……」

彼女と過ごす時間が増え、触れる機会があっても、やはり爆乳を強調されると視線を奪われてしまう。

たわわな双丘にはそれだけの魔力があった。

「確かに、タズマくんはおっぱい好きだもんね」

そう言って、ファータも胸を持ち上げた。

美女ふたりがその大きなおっぱいをアピールしてくるのは、素晴らしい光景だ。

これからその胸でご奉仕してもらえるのだと思うと、ムクムクと欲望も膨らんできてしまう。

「ふふっ、すっごくえっちな目で見られて、こっちまで興奮しちゃう♪」

「タズマくん、ほら……」

ファータはこちらへと身を寄せ、俺の手を自らの胸へと導いてきた。

俺はそのまま、片手で彼女の胸へと触れる。

むにゅんっ。

柔らかな感触が俺の指を受け止め、乳肉が沈みこむ。

そのまま、半ば無意識にむにゅむにゅと揉んでいくと、柔らかくもハリのあるおっぱいが気持ちよく感じられる。

幸せな感触である反面、片手なのが惜しいくらいだ。

「その間に、えいっ♪」

下半身では、チェルドーテが俺のズボンを下ろしていった。

彼女はそのまま下着も脱がせてくる。

ふたりのおっぱいアピールと、ファータの胸に触れていることで、俺のそこはもう勃起していた。

解放された肉竿は上を向き、物欲しげに揺れてアピールする。

「もうこんなに元気に……♥　ふふっ、それじゃあこれを……ファータ」

「はいっ」

チェルドーテに呼ばれて、ファータも俺の下半身へ。

おっぱいが手から離れてしまうのを惜しく感じる気持ちもあるが、それ以上の期待が湧きあがってきていた。

彼女たちが胸元をはだけさせ、そのたわわなおっぱいをあらわにしていく。

そして、そのまま股間へと寄せてきた。

「えいっ♪」

むにゅっ、むぎゅっ。

柔らかな膨らみが肉竿に押しつけられる。

左右からおっぱいに挟み込まれ、肉棒が埋もれていった。

「わっ、タズマくんのおちんちん、熱いね」

「硬いのがおっぱいを押し返してきてる♪」

押しつけられる胸の気持ちよさに浸っていると、ふたりはさらにこちらを責めてくる。

「ん、しょっ……」

「あたしたちのおっぱいに挟まれて、おちんぽがビクビクしてる……♥」

ファータとチェルドーテが左右からその大きな胸を押しつけて、肉棒を埋もれさせていく。

ふたりの胸に挟み込まれ、柔らかな気持ちよさが俺のチンポを包んでいた。

「こうしてむにゅーってすると、すっごくえっちだね」

ファータが強く胸を押しつけると、乳圧が気持ちよく肉竿を刺激する。

同時に、押しつけられているチェルドーテのおっぱいもエロくかたちを変えていった。

「ふぅっ、んっ……えいっ♪」

彼女たちは左右からそれぞれに胸を押しつけ、揺らして刺激を送り込んできた。

その柔らかな快感に、俺は身を委ねる。

「んっ、えいっ♪」

「むにゅー♪」

おっぱいに包み込まれる気持ちよさと、ふたりの胸がかたちをかえるエロい光景。

「こうして胸を動かすと……」

「おちんちんが中でこすれて、んっ……」

「うぁ……」

ふたりがそれぞれに胸を使ってご奉仕をしてくる。

ただでさえボリューム感たっぷりのおっぱいがふたり分という刺激の強い状況に加え、各々が動くため、ひとりではありえない不規則な快感が送り込まれてくる。

「むぎゅー、ん、しょっ」

「もっと大きく動いて、ん、おっぱいでおちんぽを、むぎゅぎゅっ！」

ふたりの積極的なパイズリに、射精欲がこみ上げてくる。

ダブルパイズリの絶景と豪華感。

柔らかおっぱいが肉棒を包み込み、しごき上げる。

「先っぽから我慢汁が出てきて動きやすくなったわね。それならもっと、えいえいっ♪」

チェルドーテが動きを激しくし、その爆乳を揺らしていく。

「んぁ、それ、んっ……！」

大きく動いたことで、彼女の胸がファータも刺激しているようだった。

「あらっ、ふふっ……ファータも可愛い反応して……えいっ」

「あんっ！」

その反応を見て、チェルドーテは意図的にファータの胸も擦るように胸を揺らしていった。

「おお……」

純粋にパイズリの激しさが増し、柔らかな圧迫感が高まり、肉竿を柔肉にしごき上げられる。

それに加え、美女同士が胸を擦り合わせて刺激し合う百合的な光景までが広がって、興奮が高まる。

「うっ、あぁ……」

「ん、はぁっ、これ、乳首がこすれて、んっ♥」

「ひぅっ、ん、わたしも、えいっ♪　ん、はぁっ……」

彼女たちも互いの胸を擦り合わせ、艶めかしい吐息を漏らしていく。

そんなおっぱいを押しつけあうふたりの間には俺のチンポが挟み込まれており、その擦り上げと乳圧に限界を迎えるのだった。

「もう、出すぞ……！」

「ん、きゃっ♥」

俺はふたりのパイズリで、ドクドクと射精した。

おっぱいに埋もれていた肉竿から精液が飛び出し、谷間から吹き上がっていく。

「わっ、すっご……♥」

「熱いのが、びゅーびゅー出てる……♥」

ふたりに精液がかかっている姿もエロく、俺はおっぱいに肉竿を挟まれたまま、その光景を眺めた。

「どろどろのがたれてきちゃう……」

「それに、すっごくえっちな匂い♥」

彼女たちは白濁を浴びたままうっとりとしていた。

そして柔らかな双丘から肉竿を解放すると、潤んだ瞳をこちらへと向ける。

ファータは自らの服へと手をかけて、下半身をあらわにしていく。

下着を下ろすと、クロッチの部分がいやらしい糸をひいていた。

「タズマくん、次はわたしのここで、んっ……」

彼女は俺に跨がると、その割れ目を肉竿へと擦りつけてきた。

濡れた陰唇が肉竿をなで上げる。

「はぁ、ん、もう、我慢できない……ん、あぁっ……」

彼女は肉竿をつかむと、そのまま自らの膣内へと導いてくる。

「ああっ、ん、はぁっ！」

ぬぷり、と肉竿が膣襞に包み込まれた。

柔らかおっぱいとは違い、こちらはうねる襞がより積極的に肉棒を締め付けてくる。

精液を搾りとるための器官が、その力を発揮しているかのようだ。

「ああっ♥　タズマくんの、太いおちんぽ……わたしのなかに、ん、はぁっ……」

「うぉ、いきなり……」

ファータは昂ぶりのまま、腰を動かし始める。

一度出したばかりの俺とは違い、パイズリで興奮しつつも果てていない彼女は、最初からハイペースで腰を動かしていった。

「チェルドーテ」

横にいた彼女に声をかけて呼ぶと、顔のところへと誘導した。

彼女のほうも、発情状態だ。

「タズマ、それって……」

彼女の足をつかみ、引き寄せる。

「ちょ、ちょっと、はずかしいよ……♥」

そう言いながらも、チェルドーテは誘導に従って俺の顔へと跨がってきた。

下着をずらし、彼女の秘められた部分をあらわにしていく。

濡れて張り付いていた下着は普段より少しずらしにくく、それが大切な場所を守ろうとしているかのようで興奮した。

そうはいっても、秘められた場所を守るには小さすぎる布だ。

俺の手であっさりとずらされてしまい、その内に秘められた花園をあらわにしてしまう。

「んんっ……♥」

チェルドーテが小さく声をもらした。

「あふっ、ん、はぁっ、ああっ！」

その間にも、ファータは欲望のままに腰を振って、ぬれぬれオマンコで肉棒をしごき上げていく。

膣襞がこすれ、快感を送り込んでくる。

その気持ちよさを感じながら、目の前にあるチェルドーテの割れ目を顔へと引き寄せる。

「ああっ……♥」

彼女は俺の顔の上に、座り込む。

オマンコが顔に乗っかった。

メスのフェロモンを放つその花弁へと、舌を這わせる。

「んあぁっ♥」

愛液のぬめりと華やかな香り。

舌先でその入り口をなぞりあげていく。

「あぅっ、ん、タズマの舌が、あたしのアソコを、ん、ああっ！」

「んくぅっ、タズマくん、ん、あっあっ♥」

下半身ではファータが、顔の上ではチェルドーテが、艶めかしい声をあげて感じている。

美女ふたりを同時に抱くという恵まれた状況に、オスの欲望が膨らんでいった。

幸福感と、それすら埋め尽くしていきそうな快感。

舌先を伸ばし、割れ目へと侵入していく。

「あふっ、ん、ああっ……♥」

蜜を舐め取るようにしながら、膣襞をなぞりあげる。

「ああっ♥　ぬるって入ってきて、ん、ふぅっ……！」

肉竿よりも器用に、その内側を責めていく。

うねる舌でチェルドーテの蜜壺をいじり、愛液をすする。

「んんっ、はぁっ、あぁっ……♥　そんなに、あたしのアソコ、んっ舐め回して、吸って……んぁっ、ああっ♥」

嬌声をあげ、俺の上で乱れるチェルドーテ。

「あふっ、ん、タズマくんのおちんぽ、あっ、わたしの中で、ビクビクしてるっ……♥　上と下でオマンコ味わって、ガチガチになってる……♥」

ファータが激しく腰を振り、その膣襞で肉棒をしごき上げていった。

俺はチェルドーテの膣内とクリトリスを、舌先で責めていく。

包皮から顔を出した敏感な淫芽を、舌で舐め、軽く押したり擦ったりして楽しんだ。

「んぅっ、タズマ、ん、ああっ、そこ、クリトリス、そんなにいじられたぁっ♥　ん、ああっ！　あたし、イクッ！　ん、はぁっ……」

ますます快楽に乱れているチェルドーテ。

俺はそのまま淫芽を中心に責め続ける。

「ああっ、イクッ！　ん、あぁっ♥　クリちゃん、責められてイクゥッ！　んぁっ、ああっ♥」

「あっあっ♥　わたしも、ん、オマンコイクッ！　あふっ、んはぁっ！」

ふたりが俺の上で淫らに腰を動かしていく。

チェルドーテのオマンコが押しつけられ、ふしだらに快楽をおねだりしているようだった。

その期待に応えるように、舌先を動かしてクリトリスを責めていく。

「あっ、らめっ♥　イクッ♥　ん、ああっ、イクッ、イクッ、イクウゥウゥウッ！」

チェルドーテがオーガズムを迎え、身体を跳ねさせる。

これまで以上に股をこすり付けるようにして、俺の上でビクビクと震えた。

その淫らな振る舞いに、俺も興奮する。

「んはぁっ♥　あっ、わたしも、イクッ！　ん、タズマくんっ！　あっ、ん、はぁっ♥」

そしてファータも限界が近いようで、大きく腰を振っていった。

蜜壺がしっかりと咥え込んだ肉棒をしごき上げ、精液をねだってくる。

「ああっ、イクッ！　ん、はぁっ、あっあっあっ♥　んくぅぅぅぅっ♥」

ファータが絶頂を迎え、膣内がきゅううぅっと収縮する。

「んはぁぁっ！　あっ、あぁ……♥」

絶頂のオマンコ締め付けで、俺も射精した。

「あふっ♥　ん、タズマくんの精液っ♥　奥にベチベチ当たってるぅっ♥」

イってる最中の中出しで、ファータの膣内は喜ぶようにうねった。

その膣襞に促されるまま、俺は精液を吐き出していく。

「あっ……♥　ん、はぁっ……♥」

「ふぅっ……♥　んぁ、あう……♥」

ふたりはそのまま、快楽の余韻に浸っていくようだった。

俺は仰向けのまま、美女ふたりを同時に抱いたという幸福感に包まれているのだった。

●

今日はチェルドーテが朝から仕事で一日外へと出ているため、ファータとふたりでの開店準備となった。

ファータもすっかりと店での仕事に慣れているため、チェルドーテも安心して店を任せて動けるようだった。

「お店にふたりっきりだと、ちょっと緊張するね」

俺は商品となる魔道具を並べながら、ファータと話をする。

「ファータはもうちゃんと店番が出来るし、大丈夫だろ」

実際、普段から彼女ひとりで店に立つ時間でも、トラブルが起こることはない。

とはいえ、やはり責任者としてチェルドーテがいるという安心感は大きいのだろう。

完全に一日いない状態。当然、連絡を取ることもできないとなれば、普段とは責任が違ってくる。

まあ、それも何かが起こればの話だ。

普通に営業する分には、これといって普段と変わらない。

こういうときに限って何かが起こる……というのもありがちな印象だが、大抵は何事も起こらないものだ。

予定よりも早く開店準備が終わり、むしろ順調な滑り出し。

それだけ、ファータも仕事に慣れているということだ。

彼女は長いこと病院にいたが、その最中も不完全な魔法の身体で働いており、正式に魔法の力で戻ってきてからもすぐにチェルドーテの店で働き始めた。

生活が変わる最初の頃は、基本的に大変だ。

ファータの場合、特に事情が特殊だし、なおさらだろう。

けれどこの生活にも慣れてきて、今は余裕が出てきているのではないだろうか。

俺自身、転生直後は戸惑う部分もあったし、バッドエンドを回避するまでは思うところもあったが、今ではそれも解決し、余裕が出来ている。

「ファータは、してみたいことってあるか？」

不健全な魔法は制限も多く、できることは限られていた。

自由になり、仕事にも余裕ができた今、いろんな選択肢があるはずだ。

「してみたいこと……」

彼女は言われて、考え込むような仕草を見せた。

「わたしは、みんなでいられるのが一番かな。今のところ、他にしたいことって特にないかも」

そう言った彼女は、晴れやかな表情だった。

一緒にいること。

元々、不完全な魔法もタズマとの再会のためだったわけで、彼女にとっては何をするかより、誰とするかというのが大切なのかもしれない。

彼女たちと過ごすようになって、俺にもその気持ちがわかる。

「それなら、そのうち休みを合わせて、どこかへ出かけてみるか」

そう言うと、ファータが食いついてくる。

「いいね。みんなといろんなところへ行くのは楽しそう」

不完全な魔法では「タズマがいるこの街」しか行動できなかったが、今なら他の場所へも行ける。

魔道具による便利さがあるとはいっても、ファンタジー風世界。

現代ほど気軽に旅行は出来ないが、いつか行ってみるのもいいかもしれない。

そのいつかも、今はもう焦る必要がない。

「ハイキングくらいなら予定を合わせるのも簡単そうだな」

街を出れば、近くに山がある。

バーベキューやキャンプなら移動時間はそこまでかからなそうだ。

「街の外に行くの、はじめて」

そう言うファータに、俺はうなずく。

「街を出る機会ってなかなかないしな」

チェルドーテのように商売関連で街を出入りする人も結構いる反面、半数以上の人は街の中で生活が完結している。

現代のように他の街へ出勤、というほどには、まだ交通が発達していない。

ファータのような事情を抜きにしてもだ。

「いろいろできるの、なんだか楽しみだね」

彼女は朗らかな顔で、ぽそりと言った。

「ああ」

俺はうなずくと、ファータを眺めるのだった。

●

ステラの元へ行き、床をともにした翌日。

目が覚めたものの、身体が上手く動かせなかった。

金縛り――と思ったのは一瞬のこと。

なんのことはない。

隣で寝ていたステラが、ぎゅっと俺に抱きついていたのだった。

「んぅ……」

寝息を立てている彼女。

その寝顔は無邪気で可愛らしい。

こうして寝顔を見る機会も増えてきたが、それでも飽きない可愛らしさだ。

普段なら先に起きて朝食の用意をするのだが……。

横向きになっている彼女は仰向けの俺にしっかりと抱きつき、さらに足でこちらをホールドしている。

彼女は俺の太股あたりを挟み込んでおり、時折すりすりと足を動かした。

大きなおっぱいが俺の身体に押し当てられ、太股には彼女の足の付け根、女の子の秘められた場所もこすり付けられていると思うと、朝勃ちだったはずの肉棒からもどかしいムラつきが湧き上がってくる。

「んっ……」

そんな俺の気も知らず、ステラは穏やかな寝顔を見せていた。

可愛らしい寝顔は、抱きつかれてさえいなければ純粋な気持ちで眺められるのだが、この状態だとなんだか背徳的だった。

邪な目で見るからなのだが、そんなあどけない寝顔とは裏腹な柔らかおっぱいに、理性など敵うはずもない。

「ふぅ……んっ……」

時折小さく身じろぎをするのだが、そのたびに胸やアソコを意識させられ、昂ぶりが収まる気配はない。

彼女に抱きつかれて動けないまま、生殺しの時間が過ぎる。

どのくらい過ぎただろうか。体感に反して、実際は数十秒とかせいぜい二分くらいだと思う。

「んんっ……」

彼女がこれまで以上に、身体を縮こめるようにしながらぎゅっと抱きついてきた。

大きなおっぱいがむぎゅっと柔らかく押し当てられ、絡められた足に彼女の恥丘があたる。

それだけならまだしも……。

姿勢を変えたことで、彼女の内腿が俺の股間に押しつけられていた。

「んぅっ……」

その状態で、彼女がすりすりと足を動かしてくる。

「うぉ……」

抱きつかれて股間をいじられれば、それはもう愛撫だ。

ステラは眠っていて無意識なのだろうが、さらに足を動かしてくる。

「んっ……ふぅっ……」

小さく寝息たて、こちらに抱きついているステラ。

足に当たる感触が気になるのか、彼女はこれまでと違い、足だけを動かしてそのまま股間を擦り上げてきた。

「ステラ……」

思わず、小さく彼女の名を呟いた。

その穏やかな寝顔から、起こすのは忍びない、と思ってじっとしていたが……。

こうなると事情が変わってくる。

彼女はその柔らかな内腿で俺の股間を何度もすりすりと刺激してくる。

果てるにはもどかしすぎる、けれど無視するには強い刺激が、じわじわと俺の股間を責めたてて来ていた。

しっかりと抱き締められて逃げられない状態。

「ふぅ、んっ……」

彼女は吐息を漏らしながらも、積極的に足を動かしてきていた。

「ステラ、起きてないか？」

その的確な動きに思わず声をかけるものの、ステラはそれらしい反応を見せなかった。

実は起きていていたずらしている……という場合、素直に答えないまでも、少しくらい反応が出てしまってもおかしくない。

しかし彼女はこちらの声が聞こえていないようだった。

本当に寝たまま、無意識でこの太股コキみたいなことをしているのだろう。

まあ、どんな夢を見ているのか知らないが、全くあり得ないことではない、のだろうか？

他とは違う感触ということで気になるのも仕方ない、のか……？

股間を擦り上げられ、もどかしい快感に俺の頭も上手く働かなくなってくる。

せめてこれが、片方の内腿にすりすり擦られるだけでなく、ちゃんと両腿に挟まれてしごかれるならそのまま気持ちよくもなれるのだが……。

ムラムラと欲望を煽るくらいに愛撫されつつ、それ以上にはならないという生殺しに、理性が揺るがされていく。

俺は彼女から遠いほうにある右腕を軽く動かし、拘束から逃れようとする。

左はおっぱいが押しつけられており動かしようがないが、こちらの腕なら少し手がずれれば自由になるはずだ。

「んぅっ……」

もぞもぞと動いていると、それに反応したステラがさらに強く抱きついてきた。

「うぉ……」

同時に内腿にも力が入り、勃起竿が余計に刺激される。

「んんっ……むぅっ……」

逃げようと動いたことで拘束が強くなり、俺はますます追い詰められてしまう。

本気で逃げようと思えば振り払えるというのが、かえってブレーキになる。

いざとなれば逃げられるからこそ、荒いことはせず、なるべく起こさずこっそり抜けようと思う余裕があるのだ。

内腿の刺激然り、耐えきれないわけではないというのが強引な手段を遠ざけてしまう。

とはいえ……。

さすがにこのままの状態というのも落ち着かない。

すりすりと動く内腿。

むにゅむにゅと押し当てられているおっぱい。

そして足の動きもあって、こすり付けられている彼女のアソコ。

そんな状態で欲望ばかり膨らみ、もどかしさで頭の中を埋められている。

「ん……はぁ……♥」

小さく動くステラの吐息が、なんだかエロい。

考えてみれば、足の動きと連動して彼女は俺にお股をこすり付けているわけで……。

彼女も感じているのだろうか。

寝ながら、無意識にオナニーしているのだと考えると、すごくエロいな……。

そんなことを考えると、ますます興奮してしまう。

いっそ、身体を横に出来れば……。

そんなことを考えて試してみようとするが、ステラは強く抱きつきながら小刻みに身体を動かしていく。

「んんっ……ふぅっ……♥」

その呼吸が色を帯びてきて、発情しているのがわかる。

最初は純粋に抱きついているだけだったのが、だんだんと腰の角度が変わっていく。

抱っこから、こすり付けに移行しているというのがわかり、それがまた淫猥だ。

「んっ……♥　んっ……♥」

小さく声を漏らしながら、身体を動かすステラ。

本能的に気持ちいいことをしようと身体が動いているのだと思うと、そのドスケべっぷりに興奮する。

身体が自由になるなら、すぐにでも襲いかかってしまいたいほどだ。

いやもう、ムラムラが膨らみすぎて、遠からず強引に動いてしまいそうですらある。

「んっ……♥　んぁ……うんっ……？」

そんな風に葛藤をしていると、ステラの様子が変わる。

「あふっ……タズマ……？」

「ステラ、起きたのか」

どうやら目を覚ましたらしい。

まだ眠そうにうっすらと目を開いているステラが、抱きついている俺を見上げた。

「んっ……おはよ……」

そう言って、俺の身体に顔を埋めるように抱きついてくる。

「あっ……♥　なんか……んっ……」

先程まで無意識にアソコをこすり付けていたこともあり、彼女もムラついていたのだろう。

違和感なのかもどかしさなのか、とにかく普段の朝とは違う感覚に少し戸惑った様子の彼女。

「あっ、タズマも、これ……」

「うぉ……」

彼女は内腿に当たる硬いモノに気づいたようで、今度は意識的にそこをすりすりとしてくる。

「硬いのが当たってる……」

「起きたなら、それをやめてくれ」

俺はそう言って、身体を起こそうとする。

「んっ……寝てる間に、私がタズマを襲ってた……？」

自身と俺の状態を把握した彼女がぼんやりと言った。

その間も俺を抱き締めたままだし、内腿は股間を刺激し続けている。

「そんなところだ」

俺が言うと、ステラは拘束をといて、隣に添い寝するくらいの距離に戻る。

ひとまず解放され、俺は安心と、それ以上に不完全燃焼なムラムラを覚えながら彼女を見つめた。

「タズマのそこ、すごいことになってる……それに、私も、んっ……」

「ああ」

寝起きながら、発情した表情で俺を見つめるステラ。

俺はそんな彼女へと覆い被さった。

そのまま、彼女の服を脱がせていく。

彼女の白い脚と下着があらわになる。

ステラの下着は濡れて張り付き、割れ目のかたちがわかってしまうエロい状態だった。

先程まで俺の股間を刺激していた内腿に指を這わせる。

「あっ……んっ……♥」

ステラは甘い声を漏らす。

元々性器にも近く、内腿は比較的敏感な上、すでに高まっているからなおさらだろう。

俺はその内腿をゆっくりとなぞりあげていった。

「んぁっ、ああっ……タズマ、んっ……♥」

彼女は気持ちよさそうな、切なそうな目で俺を見上げた。

その顔もまたそそる。

はやる気持ちを抑え、焦らすように内腿を撫でていった。

すべすべの内腿は触れていて気持ちがいい。

エロい気持ちでないときでも撫でていたいくらいだ。

とはいえ、足自体魅力的なことに加え、内腿を撫でていれば当然、すぐ側には彼女のオマンコがある。

撫で始めれば結局エロい気持ちになってしまうだろう。

そんなことを考えながら、俺は内腿を愛撫していく。

「タズマ、ん、もっと上……んんっ♥」

ステラは我慢できない様子で、さらなる刺激を求めておねだりをしてくる。

その可愛らしい様子に、俺も限界だ。

彼女の下着へと手をかける。

するとステラは期待に潤んだ目で俺を見つめた。

そのまま下着をずらすと、むわりとメスのフェロモンが香り、とろとろのオマンコがあらわれた。

もう準備万端な蜜壺に、俺は引き寄せられていった。

その割れ目をまずは軽くなで上げる。

「んぁっ……♥」

とろりとこぼれる蜜が指先を濡らす。

「ん、挿れて……」

「ああ」

俺は素早く下着ごとズボンを下ろすと、先程散々彼女に焦らされた肉棒を取り出した。

「あぁ……ビンビンだね♥」

「ステラの腿でずっと擦られていたからな」

寝ている彼女の無意識愛撫で、もう肉竿はパンパンだった。

すぐに肉棒を、その濡れた膣口へとあてがう。

そして間を置かず、そのまま腰を進めて挿入した。

「んぁっ♥　ああっ！」

肉棒が膣道をかき分けて侵入していく。

膣内は熱く濡れており、喜ぶように肉棒を締め付けてきた。

すぐにでも出してしまいそうになるのをぐっと堪える。

「あふっ、ん、太いのが、中にいっぱい、んあっ♥」

しかし我慢できたのはそこまでで、俺は最初から大胆に腰を振っていった。

「んあぁぁっ♥　いきなりそんな、パンパンされたら、んっ……♥」

膣襞を擦り上げながら往復する。

「あっ、ん、はぁっ♥」

彼女は可愛らしい声を出して、それを受け入れていた。

言葉とは違い、オマンコのほうは待ちわびていたとばかりに肉竿に絡みついてくる。

「朝から、元気すぎっ……♥　ん、はぁっ……」

「ステラも、今日はいきなり元気じゃないか」

「ああっ♥　ん、はぁっ……だって、起きた瞬間から、なんだか気持ちよくて、あっ♥　ん、ふぅっ……♥」

眠っていても快感は蓄積されている。

無意識に俺を責め、自らもアソコをこすり付けていたステラも、もう十分すぎるほどに高まっていた。

「はぁ……ステラ、寝ている最中もえっちだなんて……」

「あんっ♥　ん、はぁっ……わざとじゃないから、ん、ああっ♥」

そう言った彼女が、妖しい笑みを浮かべた。

「でも、んっ♥　もしまた、寝てる私が何かして、あっ♥　タズマがえっちな気持ちになっちゃったら……♥」

ピストンにあわせて喘ぎ声を挟みながら、ステラが魅力的な提案をしてくれた。

「寝てる私でも、んっ♥　起こしてすぐにでも、あっ♥　ちゃんと責任、とってあげるから、んぁっ、ああっ♥」

「うっ……」

嬌声混じりの提案に、また欲望が暴発しそうになる。

「ガチガチムラムラになっちゃったおちんちん、んぁっ♥　私のオマンコで、んんっ♥　気持ちよくなって、あふっ♥」

「ステラ……！」

俺は昂ぶりのまま、腰を振っていく。

「んくぅっ♥　あっ、ん、はぁっ……しゅご……んんっ！」

彼女は突かれ、快楽に乱れていく。

「んはぁっ、あっ奥まで、んっ、おちんぽ来てる、ああっ♥」

ぐっと腰を突き出すと、先端がくにっとした子宮口に当たる。

「んはぁっ♥　あっ、一番奥、突かれて、んっ、ふぅっ……」

普段はローテンションなステラが、快楽に乱れている姿は素晴らしい。

欲望を解放した姿は、俺にだけ見せるものだ。

その特別感と可愛らしさに、吐精欲求も限界に近づいていく。

膣道を往復し、子宮口を突きながら、駆け上ってくるものを感じた。

「ステラ、そろそろ出すぞ」

「んはぁっ♥　あっ、んっ……きて……タズマの精液、私の中に、んぁ、いっぱい出して……♥　私も、あっあっ♥」

彼女は嬌声をあげ、身体を揺らしていく。

そして先程も俺に絡ませていた足を、今度は腰へと回してきた。

「んはぁっ♥　あっ、イクッ！　気持ちいいの、ん、はぁっ♥」

彼女の足は俺の腰をしっかりとホールドしてくる。

「んぅっ、はぁ、ああっ♥　ん、ふぅっ、んあぁっ！」

はしたないほどの精液おねだりポーズ、だいしゅきホールドを受けながら、俺はその膣奥を突いていった。

「んはあっ♥　あっあっ♥　イクッ！　ん、んぅっ、はぁ、ああっ！」

ステラが嬌声をあげ、膣内が肉棒を締め付ける。

乱れ、本能のまま子種をねだるその姿と、気持ちよすぎる膣内。

「イクッ♥　ん、ああっ！　イクイクッ、イクウゥゥウッ！」

身体を跳ねさせて絶頂を迎えるステラ。

蠢動する膣襞が肉棒を搾り、子宮口がくぽっと肉棒を咥えこんで吸い付いてくる。

その気持ちよさに、俺も限界を迎えた。

「出すぞっ！」

びゅるるっ、びゅくっ、どびゅびゅっ！

俺はその絶頂オマンコに中出しをしていった。

「んぁ、ああっ♥　私の奥っ、タズマのせーえき、いっぱい注がれてる、んぅっ♥」

ステラは気持ちよさそうに言って、身体を震わせた。

それに合わせて反応した膣内が、さらに肉棒から精液を搾りとっていく。

俺は気持ちよさに身を委ねて放出を終えた。

「ん、はぁ……♥」

精液を搾り終えると、ステラは足を緩めて俺を解放した。

肉棒を引き抜くと、彼女の隣へと倒れ込む。

起きたばかりだというのに、焦らしプレイからの激しい交わりで、すっかり体力を使い果たしてしまった。

ステラのほうも、気持ちよさの余韻に浸りながら、ぐったりとしている。

「これじゃ、起きようって気がしないな」

「んっ……」

俺が呟くと、彼女も小さくうなずいた。

「でも、お休みだし」

そう言って、俺に身を寄せてくる。

「一日中だらだらしてるのも、悪くない」

「そうかもな」

ベッドでいちゃいちゃしていると、そのうちまた盛りそうではあるが、そうなったらもう一度すればいい。

それは贅沢で幸せな過ごし方だろう。

●

以前、ファータと話していたことを実現させよう、ということで、休みを合わせて山へ向かうことにした。

山は街のすぐそばにあるため、ちょっとしたお出かけだ。

とはいえ、仕事で外へ行く機会もあるチェルドーテはともかく、この前まで街から出られなかったファータや、研究熱心でわざわざ遠出をしないステラにとっては、街の外へ行くだけでとても珍しいことだった。

俺は魔道具の補助で重量を軽くしてあるバーベキュー用の荷物を持って、彼女たちと山に登る。

「わー、本当に山だー」

木々が生い茂り、踏み固められただけの土の道に、ファータがはしゃぐ。

辺り一面を植物や土に囲まれた、整備された街中にはない景色は、彼女にとっては珍しい以上の意味を持つ。

「ん。とても新鮮」

ステラも物珍しそうにしながら歩いていく。

ファータほど表立ってはしゃいではいないものの、その雰囲気が明るいのは伝わってくる。

「こういうのもいいわね」

そんなふたりを見て、チェルドーテが笑みを浮かべた。

「ああ」

俺はうなずく。

チェルドーテ自身は、徒歩移動ではないとはいえ、街の外にも出ているため、こういった光景も初めてではない。

俺たちが暮らすテヌートの街は王都のような大都会ではないものの、それなりに整備された大きなものだ。

そのため、街中にはぽつぽつと緑はあっても、人工的に整えられた光景しかない。

だが、すべての街がそうというわけではないだろう。

職人の中にはこだわりや趣味によって小さな村に住んでいる者もいるし、そういった場所ではそれこそ、独特の景色があると聞く。

普通の山ではそういう新鮮さはないだろうが、その分、ふたりは自然を楽しんでいるようだった。

俺は山自体は初めてではない。前世でも遠足ぐらいはあったし、こちらよりもそういった場所まで向かう手段が多くあったため、珍しくはないな。植物はけっこう違うが。

とはいえ、自分からそうそう出かけるような場所でもないため、ある程度の新鮮さはあった。

何より、ファータたちと一緒という点が大きい。

そのファータはやはり自然に興味津々で、ただ歩く以上にあちこちに目を移したり、ちょろちょろと動き回っていた。

その様子はなんだか子供のようで微笑ましくもあり、彼女の事情を知っていると胸が熱くなるものがあった。

俺たちはそのまま、山を登っていく。

本格的な登山というものではなく、緩やかで踏み固められた道を行く、ハイキングくらいの道のりだ。

「ステラ、大丈夫？」

チェルドーテに声をかけられて、ステラがうなずいた。

「ん。大丈夫。でも、運動不足を痛感してる……」

基本的に立ち仕事な俺たちと違い、ステラは魔道具を作るときは座っていることが多い。

また、自宅のなかに工房があるため、日常生活で動く機会は少ない。

それもあって、基礎的な体力がつく環境にないのだろう。

「チェルドーテやタズマこそ、大丈夫？」

機材類とある程度の食材は俺が、残りの食材をチェルドーテが持って山道を歩いている。

「あたしはそこそこ慣れてるしね」

「それこそ魔道具のおかげで、本来よりも軽いしな」

そんな話もしながら山頂付近の開けた場所を目指していく。

やがて、俺たちは目的としていたスペースにいた。

「わぁ……すごい景色！」

これまで木々に囲まれていたところから開けた場所に出て、ファータが真っ先に駆けていった。

「ほんとだ、街が全部見える……」

ステラも前に出て、景色を眺めていた。

この場所からは、普段暮らすテヌートの街が見える。

普段暮らす石造りの街を上から眺めるのは、ここに来ないと出来ない経験だ。

「すごいところにいるみたいだねっ！」

「自分の家を見つけるの、無理そう」

ふたりは街を見下ろして言った。

「たしかに、中にいるのと上から見るのじゃ、感覚も違うだろうしな」

俺も、おそらく住んでいる場所を見つけられないだろう。

そんなことを思いながら、持ってきた機材を用意していく。

さっそくバーベキュー用のコンロを組み立てた。

椅子やテーブルはこの広場に最初から用意されている。さすがに畳めたとしても、テーブルを徒歩で運ぶのは困難だしな。

そのままチェルドーテとともに、バーベキューの準備を始める。

チェルドーテの手際がいいこともあって、準備はすぐに整った。

魔道具で火をおこすとそれを炭に移し、バーベキューを始める。

「外でご飯食べるのも新鮮だね」

「ん。すごくワイルドな感じ」

「ああ、こういうのも用意しているしな」

串に刺さった肉を焼いていく。

「豪快だね」

ファータが串焼き肉に目を輝かせる。

「こういうの、初めて」

ステラも興味深そうに網のほうへと寄ってきた。

「こっちは、そろそろよさそうだな」

焼き上がってきたものを配り、バーベキューを始める。

そのままわいわいと、四人で食事を楽しむのだった。

俺にとっても、こうしてみんなとはしゃぐのは新鮮で楽しいものだ。

街の中で過ごすのももちろん楽しいし、俺自身がどちらかというとインドア派ではあるのだが、四人で山に登り、バーベキューをするのは思っていた以上に心が躍るものだった。

また予定を合わせて、みんなでいろんなところに行くのもいいかもしれない。

そんな風に考えるのだった。

●

チェルドーテとともに、他の町にいる職人の元へ行った帰り。

やや遅い時間になり、街に戻ってきたときには人通りもまばらになっていた。

現代に比べると、やはり夜は活動している人が少ない。

一応、魔道具の浸透によって街灯などはあるし、まったく人がいないわけではない。

飲み屋などはまだやっている時間だしな。

テヌートはこの世界においてはかなりの都会だが、やはり現代と比べると夜通し遊べる場所や、終電がなくなった後に若者が安く過ごせるネットカフェなどがない分、昼と夜がはっきりとしている。

「なんだかいつもと違う感じするよね」

そう言って街を眺めるチェルドーテ。

「ああ、そうだな」

普段、店が終わった後に食事に出ることなどはあるが、その時間はまだまだ他の人の帰宅時間でもある。

それに比べれば人の気配も少ない。

とはいえ、寝るような時間ではないから、家の中などからは人の気配や声も漏れてきている。だから深夜で怖い、というようなこともない。

「せっかくだし、ちょっと違う道を通ってみようか」

思いつきでそう言って、俺は細い道へと足を向けた。

「いいね。なんだか楽しそう」

チェルドーテは俺の腕に飛びつきながらそう言った。

俺たちはそのまま、大通りを外れ、裏通りへと向かうのだった。

何本か道を入ると、街灯もぐっとなくなり、薄暗くなる。

抜け道のような細い路地は、夜ということもあって、日頃の街とは雰囲気が違い、新鮮だ。

「なんだかドキドキしていいね」

チェルドーテは機嫌良く言うと、道幅に合わせるようにさらに密着してきた。

彼女の爆乳が俺の身体にむにゅんっと当たり、気持ちがいい。

狭い道をふたりで歩いていく。

「普段は大きめの道ばかり通るから、なんだか他の街に来たみたい」

「たしかにな」

知っている近道ならともかく、基本的には同じ場所ばかり歩くことが多い。

わざわざ遠回りをするというのは、狙っていないとやらかないからな。

「街中なのにこんなにくっつけるのも、いけないことしてるみたい♪」

そう言ってすりすりと身体を動かすチェルドーテ。

その仕草が可愛らしくもエロく、ムラムラとしてしまう。

「ね、タズマ」

そんな俺の様子を見抜いたように、チェルドーテは上目遣いに見つめてきた。

「外なのに、えっちな気分になっちゃってる？」

「そういうチェルドーテこそ」

「ふふっ……♪」

こちらを見つめる彼女の目が潤んでいるのがわかる。

身を寄せる彼女と歩くと、路地裏のなかで、少し広めのスペースにたどりついた。

「人も全然来ないし……」

そう言って、チェルドーテの手が俺の股間へと伸びてきた。

彼女の手が、優しくズボン越しの股間を撫でる。

「うっ……」

すりすりと撫でられると、どうしても反応してしまう。

「わっ、外なのにこんなに大きくして……♥」

彼女は嬉しそうに言うと、ズボン越しに肉竿を握る。

「硬ぁい……♥」

「チェルドーテ……」

「こんな状態で大通りに出たら、ヘンタイだね。立派なテントがみんなにばれちゃう♪」

そう言いながら、彼女はなおも肉棒を刺激してくる。

「表に出る前に、ちゃんとおさめないとね」

言葉とは裏腹に手を動かしてくるチェルドーテに、俺もスイッチが入ってしまう。

下へと手を伸ばし、彼女の爆乳へと手を伸ばした。

「あんっ」

柔らかな感触が俺の手に伝わり、ボリューム感たっぷりの乳肉がかたちを変える。

彼女はチラリとこちらを見上げると、ズボンの中へと手を入れてきた。

「えいっ♪」

そのまま下着の中に進入し、肉棒を握ってくる。

しなやかなチェルドーテの手が、狭い下着の中で肉竿をいじった。

俺も手を動かし、彼女のアソコへと手を伸ばす。

下着をずらして進入すると、もう濡れ始めているその割れ目をなで上げた。

「んっ♥　あぁ……」

「こんなところで誘ってくるなんて、チェルドーテはえっちだな」

そう言うと、さらにじわりと蜜があふれ出してくる。

「あっ♥　タズマだって、こんなにおちんぽギンギンにしてるくせに……♥」

彼女は恥ずかしさを隠すかのように、激しめに肉竿をしごいてきた。

そして動きにくさを感じたのか、そのまま服をずらしてきて、肉棒を露出させた。

「ほらぁ♥　お外でこんなガチガチちんぽを出しちゃって……♥」

嬉しそうに言いながら、手コキを続けるチェルドーテ。

路地裏で人の気配がないとはいえ、街中で互いの性器をいじりあうというのは、非日常的で興奮する。

「はぁ……♥　ん、ふぅっ……」

「くちゅくちゅ、いやらしい音がしてるな」

彼女のそこはもう愛液でぬるぬるになり、指を動かすと水音が響く。

「んんっ……♥　だって、ん、はぁっ……♥」

「チェルドーテ」

俺は彼女を呼ぶと、姿勢を変えていく。

「あっ……」

抱き寄せた彼女をそのまま持ち上げると、勃起竿をオマンコへと向けた。

「こんなところで、んっ……♥」

恥じらうようなことを言いながらも、期待の目を向けるチェルドーテ。

俺はそのまま位置を調節し、抱きかかえた状態の彼女に挿入していった。

「んはぁっ♥　あっ、ん、ふぅっ……」

彼女もその姿勢のまま、肉棒を受け入れる。

櫓立《やぐら》ち——いわゆる駅弁のかたちで繋がり、そのまま腰を動かし始めた。

「あっ、ん、はぁっ……」

うねる膣襞を擦りながら、抽送を行う。

「あふっ、おちんちん、入ってる……♥　こんなところで、あっ、んはぁっ……！」

「ああ。人が居ないとはいえ、野外でセックスしてるな」

「あぁ……♥」

羞恥に頬を染めるチェルドーテ。

しかし膣内は喜ぶようにきゅっと反応する。

俺はそのまま、腰を動かしていった。

「んっ、はぁっ……すっごくドキドキして、ん、あぁっ……♥」

「誰かに見つかるかもしれないしな」

「あっ、だめっ、んぅっ……♥」

恥ずかしがるほどに、膣内は締め付けてくる。

その姿に可愛らしさを感じながら、腰の動きを大きくしていった。

「あっ♥　タズマ、それっ、んんっ！」

俺に抱きつくようにしながら、チェルドーテが嬌声をあげる。

路地裏で人が来ないとはいえ、野外で繋がるのは背徳的な興奮がある。

「んぅっ、はぁ、ああっ♥」

「ほら、こうして奥まで、うっ……」

彼女の腰を抱き寄せるようにして、肉棒を奥へと届かせる。

亀頭が子宮口を軽くノックすると、愛液があふれるとともに、膣道がきゅうきゅうと締め付けてきた。

「んぁっ……♥　あっ、んぅっ……」

俺はその反応を楽しみながら、大胆に奥を責めていった。

「あっ、そんなにしたらぁ……♥　大きな声、でちゃうっ……！」

「チェルドーテから誘ってきたんだろ」

そう言いながら、腰を動かしていく。

「そう、だけどっ……♥」

彼女は声を抑えようとしながら、そこにさらなる興奮を覚えているようだった。

「もっといくぞ」

俺はピストンの速度をあげると、チェルドーテの膣内をかき回していく。

「んぁっ！　あっ、ん、うぅっ……♥」

思わず大きな声が出て、チェルドーテは慌てたように声を抑えた。

「あっ……♥　だめ、本当に、んぅ、声、でちゃうっ……♥」

そう言いながらも、彼女はより強く俺に抱きついてきた。

それはもっとしてほしい、とおねだりしているかのようだ。

「そうだな」

期待に応えるように、俺は腰を動かしていく。

「ああっ、ん、はぁっ♥　んぅっ、ああっ……♥」

声を抑えようとする姿もエロく、かえって俺を昂ぶらせる。

「や、我慢、できな、ん、んはぁっ！」

色っぽく喘ぐチェルドーテが、俺の肩へと顔を埋めてきた。

「はぁ……あ、んっ……♥」

そうして声を抑えようとしているのだろう。

俺はそんな彼女を追い詰めるようにピストンを続けた。

「んぅっ、ふぅっ、ん、あっ♥　あふっ、ん、ああっ！」

「入り組んでるし、直接人は来ないだろうが、もしかしたらチェルドーテのエロい声くらいは聞こえるかもな」

そう言いながら蜜壺を往復する。

膣襞を擦り上げると、ぐちゅぐちゅと卑猥な水音が響く。

「だめっ、ん、はぁ、ああっ♥　恥ずかし、ん、あうぅっ！」

声を聞かれるかも、と意識した彼女のオマンコが締まり、快感を求めてくる。

「あっあっ♥　だめ、だめぇっ……なのに、あたし、ん、くぅっ、ああっ！」

乱れてきた彼女のオマンコをかき回し、突いていく。

ペースをあげて、そのまま高みへと昇っていった。

「あふっ、ん、イクッ！　あぁっ、お外で、んぁ、オマンコ突かれて、んっ、声、聞こえちゃうかもしれないのに、ん、あっあっ♥」

「ああ、すごくエロいぞ」

「だめぇっ……♥　ん、イクッ、はぁ、ん、ふうっ！」

ラストスパートでピストンを行い、膣内を往復していく。

「ああっ♥　イクッ！　ん、イっちゃうっ♥　はしたない声、だしながら、イクゥ！」

「ああ、イけ！　野外でチンポはめられて、エロい声出しながらイけっ！」

「んはぁっ♥　あっ、ああっ！　イクッ、イクゥッ！　オマンコイクッ！　んぁ、あっあっあっ♥

イクイクッ、んはぁぁぁぁぁぁぁっ♥」

あられもない声をあげながら、チェルドーテが絶頂を迎える。

「うぉ……」

絶頂オマンコが肉棒を強く締め付け、精液を搾ってくる。

びゅるるるっ、どびゅっ、びゅくんっ！

その気持ちよさに身を委ね、俺は射精した。

「あうぅうっ♥　精液、んぁ♥　出てる、いっぱい、ああっ♥」

中出しを受けて、さらに気持ちよさそうに声を出すチェルドーテ。

もはや快楽のまま乱れ、嬌声をあげる彼女。

俺はそんなチェルドーテをぎゅっと抱きしめながら、その膣内に精液を注ぎ込んでいく。

「あっ♥　ん、はぁっ……♥」

そのまま脱力していく彼女を抱きしめながら、俺も気持ちよさの余韻に浸る。

「あふっ……すご……ん、あぁ……♥」

ぐったりとこちらに身体を預けながらも、その膣内はまだ肉竿をしゃぶり尽くすかのように蠢いていた。


落ち着いたところで、お互いにとても表を歩けるような格好でなかった俺たちは、人目を避けるようにこそこそと裏道を通り、なんとか帰り着くのだった。

「大変だったな」

どうにか家の中に入り、そう声をかけると、チェルドーテは頬を膨らませた。

「もうっ……タズマがあんなに激しくするから」

「チェルドーテもノリノリだっただろ？」

「あぅっ……」

俺が言うと、彼女は顔を赤くして、言葉を詰まらせた。

「また機会があったら、外でするのもいいかもな」

俺が言うと、チェルドーテはまんざらでもなさそうな様子だった。

それ以上に、妖艶な表情を浮かべ、身を寄せてくる。

「それもいいけど、今は……」

そう言って、彼女は発情顔でこちらへと身を寄せた。

「まだ収まらない疼きを、すぐにでもどうにかしてほしい、かな？」

上目遣いで見つめる彼女はエロく、俺はたまらず、彼女をベッドへと押し倒したのだった。

エピローグ　ハーレムルートの世界

彼女たちに囲まれる、賑やかで楽しい日々が続いていく。

問題が解決しているため、これといった事件も起きない、穏やかな日々だ。

もはや前世の知識を使う機会もなくなり、俺の心はただただこの世界に溶けていく。

緩やかで充実した日々は、幸福な繰り返しだ。

チェルドーテの店で働き、ファータと店番をしたり、ステラの元へ行ったり。

そして夜や休みの日は、彼女たちといちゃいちゃ過ごしていく。

原作ではありえなかったハーレムルートの日々は、性的に休まる暇がないくらいの楽園だった。

そんなある日。

普段はひとりずつ交代で訪れることが多い彼女たちだが、ちょうど四人で食事をしたこともあり、そのまま流れで揃って部屋を訪れてきたのだった。

最初からそのつもりだったようで、彼女たちはすぐにベッドへと誘ってきた。

「最近のタズマはすっごく元気だからね♪」

そう言って、チェルドーテが股間へと手を這わせてくる。

「みんながえっちだからな」

美女にエロく迫られれば反応するのは男の性だし、そうして身体を重ねる内に、機能も活性化して強化されていく。

「ふふっ、そうね。ちゅっ♥」

チェルドーテは妖艶な笑みを浮かべると、そのままキスをしてくる。

「ん、ちゅっ……」

そして唇を合わせながら、股間を擦り上げてきた。

当然、反応してくるその部分に彼女の手が絡みつく。

唇と離すと、チェルドーテは一度離れ、自らの服に手をかけた。

上半身の衣服がはらりと落ちると、爆乳が揺れながらあらわれる。

「えいっ♪」

その光景に見とれていると、後ろに回っていたファータが、下着ごとズボンを下ろしてきた。

一気に解放された肉棒が跳ねるように飛び出してくる。

「わ、もうビンビン……」

ステラがその股間へと顔を寄せて、まじまじと勃起竿を見てくる。

「本当、すっごく元気になってる」

正面へと来たファータも肉棒へと目を向けて言った。

「さ、タズマ」

チェルドーテが俺をベッドへと押し倒した。

逆らわず横になると、彼女たち三人がそろって股間へと顔を寄せてくる。

「おぉ……」

それはかなりの絶景だ。

美女三人が顔を寄せ合って俺のチンポを見つめている。

「逞しいおちんぽ♪」

「私たちで、気持ちよくしてあげる」

まじまじと見られるのは恥ずかしくもあるが、それ以上に興奮する。

期待に脈打つ肉竿へ、彼女たちが舌を伸ばしてきた。

「タズマくん、れろっ」

「あたしも、ぺろっ……」

「ん、ちろろっ！」

三人の舌がそれぞれに肉竿を舐めてきた。

「うぁ……」

まだ、三人とも軽く舐めただけだというのに、気持ちよさに肉棒が跳ねる。

三枚の舌がタイミングをずらして舐めてくるため、快感が連続する。それ以上に嬉しいのは、やはり三人同時に舐められるという状況のエロさだ。

「れろっ……ん、ぺろっ……」

「おちんちん、喜んでるみたい。ぺろっ、ちろっ……」

「れろんっ♪　三人だとあちこち舐められるわね」

「すごいな、これ」

三人が顔を寄せ合い、俺のチンポを舐めている。

ひとりに舐めてもらうだけでも気持ちがいいのに、ハーレムプレイという興奮も相まって欲望が膨らんでいく。

「ん、ちろっ……この裏っかわを、れろろろっ！」

ステラが裏筋を中心にベロを動かしてくる。

「ん、わたしはこっちを、はむっ、ちゅぷっ……！」

するとファータは根元のほうを唇で挟み込んできた。

先端と根元をそれぞれ違う種類の刺激が襲う。

「ちゅっ、ちゅぱっ、じゅるっ……」

ファータは顔を傾けながら動かし、肉竿を擦り上げてくる。

「れろろろっ、ちろっ！」

ステラは敏感な先端を責めた。

「ふたりともすごく積極的ね♪」

そんな彼女たちを見て、ファータが妖艶な笑みを浮かべた。

「ふたりがおちんちんをいっぱい責めるなら、あたしはこっちを……れろんっ♥」

「うあっ……」

チェルドーテは肉竿をふたりに任せて下へと動き、陰嚢へと舌を這わせてきた。

「れろろっ……袋の中にあるタマタマを舌に乗せて、れろっ」

舌の上で転がすように舐められ、ぞわぞわとするような快感が広がる。

肉棒ほど直接的ではないものの、そこも性器には変わりない。

「れろっ、ん、ちろっ……」

「ちゅぷっ……じゅぶっ……」

その間にも、ステラとファータは肉竿を愛撫してくる。

先端を舌先でくすぐられ、幹の部分を唇でしごかれ、玉を舐められる。

三人それぞれからのお口愛撫は気持ちよく刺激的だ。

ひとりでは決して出来ない連係プレイを心地よく感じていく。

「れろっ、ちろっ、あむっ♥　れろろっ！」

ステラが亀頭を咥え込み、舌先を動かす。

「じゅぷっ……タズマくん、じゅるっ、ちゅぽっ！」

ファータは頭を動かして、肉竿を唇でしごいていく。

「れろっ、このタマタマで、精液をいっぱい作ってるのよね。今日の分もいっぱい頑張ってね♪　れろぉ♥」

チェルドーテは睾丸を舐めながら、軽く持ち上げるようにした。

「三人とも……うぁ……」

そんな彼女たちにされるがまま、俺は気持ちよくなっていく。

「ん、ちゅぷっ……先っぽから、ぬるぬるの先走りが出てる。ちゅうっ♥」

ステラが肉棒に吸い付き、我慢汁を舐め取った。

「ん、気持ちよく出せるように、もっとおちんちんをしこしこと、じゅぷっ、ちゅぱっ！」

それに合わせて、ファータは唇で肉棒をしごいていった。

「あふっ♥　タマタマも上がってきてるみたい。射精準備、始めちゃってるのね♥　れろっ、ん、ちゅぱっ♥」

チェルドーテは優しく玉を口内に包むようにして、舌先でくすぐってくる。

「ちゅぷっ、ん、れろろっ、ちゅぱっ！」

「もう出そうだ……」

彼女たちのお口で性器全体を余すところなく愛撫され、気持ちよさに精液が昇ってくるのを感じる。

「れろっ、ちゅ♥　あたしもお射精、手伝ってあげる。れろっ♥」

チェルドーテが玉を持ち上げるようにしながら舐めていった。

「ちゅぷっ、ちゅぱっ、じゅるっ、ちゅぶぶっ！」

ファータが肉棒をしごき、射精を促す。

「んっ、じゅるっ、じゅぶぶっ、ちゅぅぅぅっ♥」

「あぁっ、出すぞ！」

最後にステラがバキュームをして、俺は射精した。

「んむっ、ん、んくっ♥」

ステラは吐き出された精液を口で受け止め、飲み込んでいく。

「ん、ごくっ、じゅるっ……ごっくん♪」

そして精液を飲み干してから、彼女は唇を離した。

「あふっ……ドロドロのせーえき、喉にからみついてきちゃう……♥」

ふたりもフェラをやめ、三人がこちらを見つめた。

彼女たちの表情は蕩け、とてもエロい。

その発情顔を向けられ、俺の本能は滾っていく。

たったいま出したばかりだというのに、オスの種付け欲求が膨らんでいった。

先程、チェルドーテに睾丸を愛撫された影響か、そこではいつもよりハイペースで精子が作られ、発射されるのを待っているかのようだった。

「タズマ、あたしたちの中に……」

そう言って、チェルドーテが動いた。

彼女は四つん這いになり、こちらにお尻を向けた。

「ん、わたしも」

ファータとステラも、それに続いた。

「おぉ……」

その光景を前に、思わず声を漏らしてしまう。

俺の前では、三人の美女が四つん這いになり、そのオマンコをこちらへと向けていた。

豪華でエロい光景に、俺は見入ってしまう。

彼女たちのそこは、もう期待に潤んでいる。

四つん這いで無防備にさらされている三つのオマンコ。

足を広げている分、その割れ目は薄く口を開いているのもまたドスケベだ。

「んっ……」

ステラがこちらの反応を伺うようにすると、ファータはふりふりとお尻を揺らして誘ってくる。

その光景に思わずつばを飲み込んだ。

すぐにでも襲いかかりたいような、ずっと眺めていたいような……。

そんな俺に焦らされたのか、チェルドーテが声をかけてくる。

「タズマ、きて……」

そう言って、チェルドーテは自らの指でくぱぁっとオマンコを広げた。

「うぉ……」

指で押し広げられたアソコ。

陰唇が口を開き、ピンク色の内側が見える。

てらてらと愛液でいやらしく光るその艶花に、俺は吸い寄せられていった。

そして猛る剛直を、チェルドーテのオマンコへとあてがう。

「いくぞ」

「うんっ……んはぁっ♥」

彼女の腰をつかみ、そのままぐっと挿入する。

熱くうねる膣道が肉棒を迎え入れた。

スムーズに挿入できたものの、入った途端、逃がさないとばかりに締め付けてくる。

「あふっ、ん、ああっ！」

肉棒を待ちわびていたとばかりに咥え込むその膣内。

うねる襞が気持ちよく、こちらも促されるように抽送を始める。

「あっ、ん、はぁっ、あんっ♥」

チェルドーテは嬌声をあげながら身体を揺らした。

蠕動する膣襞を擦り上げながら往復していく。

一対一ならこのまま腰を振っていくところだが……。

彼女の横ではファータたちが様子を窺っている。

せっかく四人でいるのだ。

待たせっぱなしというのもよくないだろう。

俺は一度チェルドーテの膣内から肉竿を引き抜くと、隣にいたファータへと狙いを定める。

「タズマくん、んぁっ♥」

期待の目でこちらを見た彼女の膣内に挿入した。

こちらももう十分に濡れており、肉棒を締め付けてくる。

丸いお尻をつかみ、そのまま腰を振っていった。

「あっ♥　ん、はぁっ！」

最初からハイペースに腰を動かしていくと、ファータが甘い声をあげる。

「んぅっ、タズマくん、あっ、ん、はぁっ♥」

そうして彼女の中を往復していき、蜜壺の中をかき回していった。

「んぅっ、はぁ、あぁ……♥」

気持ちいい膣内の往復をしながら、ステラの様子を窺う。

「んっ……」

こちらを見ていた彼女と目が合うと、ステラはお尻をあげてアピールをしてきた。

俺はファータの中から肉竿を抜き、ステラへと向かう。

「あ、んぅっ♥」

そしてそのまま挿入した。

待たせた分も気持ちよくなるよう、その膣襞を意識的に擦り上げていく。

「んはぁっ♥　あ、ん、ふぅっ！」

そうしてステラの中を往復していると、チェルドーテがこちらへと声をかけてきた。

「ね、タズマ、またあたしにも……」

「ああ」

俺はうなずくと、一区切りを付けて、チェルドーテの元へと移動する。

「んはぁっ、おちんぽ、入ってきたぁ♥」

嬉しそうに声を出して、感じていくチェルドーテ。

その膣道を何度も往復していく。

三人がオマンコを濡らし、俺を求めてくるハーレム状態。

男冥利に尽きるような状況だ。

愛液をあふれさせる彼女たちの淫気が部屋に満ちて、本能を刺激する。

俺は並んだ三人のオマンコを、代わる代わる味わっていく。

「あぁ……タズマくん、ん、はぁっ」

「あっ、ん、ふぅっ♥」

「中、いっぱい突いて、ん、ああっ！」

彼女たちは嬌声をあげて、喜んでくれている。

俺は三人の中を往復し、ハイペースで腰を振り続ける。

「ああっ、いいっ、もっと、んぅっ♥」

「おちんぽ、中を行ったり来たりして、ん、はぁっ！」

「ひぅ♥　奥、そんなにツンツンされたら、んあっ♥」

順番に挿入してはピストンを行っていく。

俺のほうはずっと彼女たちのオマンコに挿入しているため、どんどんと高まり、射精欲が膨らんでいった。

「ああっ、ん、タズマくん、んぁ、わたし、イクッ、ん、はぁっ……♥」

ファータがそう声をあげて、きゅっと肉棒を締め付けてくる。

「うぁ……」

そのオマンコの締め付けで、こちらも出しそうになる。

「ファータ、しっかり手を突いて、身体を支えるんだ」

「ん、わかった、あっ♥ んはぁっ！」

俺は真ん中のファータに挿入しながら、彼女のお尻から手を離す。

そして腰を動かしながら、左右へと手を伸ばした。

「あんっ♥ タズマの指、アソコをくちゅくちゅしてるっ……♥」

「んっ♥ ふぅ、あぁ……」

左右の手で、それぞれステラとチェルドーテのオマンコをいじっていく。

濡れた蜜壺に指を潜ませて中をかき回したり、愛液まみれの指で敏感なクリトリスをいじったりしていく。

「んぅっ、クリちゃん、そんなに、あっ♥ ん、はあっ！」

「あふっ、指で、イっちゃ……ん、くぅっ！」

敏感な淫芽をいじられて、ふたりも嬌声をあげていった。

「タズマくん、あっあっ♥ ん、あうぅっ！」

そして挿入されているファータももちろん、感じてあられもない声を出していった。

俺は腰を振りながら、ふたりのオマンコをいじっていく。

三人に同時に触れながら、欲動のまま動いていく。

「んはぁっ、あっ、ん、ふぅっ……」

「あんっ、ん、イクッ、ん、はぁっ♥」

「あぁっ……♥　ん、はぁ、ふぅっ、ん、あっあっ♥」

三人の嬌声と、卑猥な水音が響いていく。

エロすぎる空間の中、本能がすべてを支配していった。

「んはぁっ♥　あっ、も、イクッ！　ん、ああっ！」

「ひぅっ、私も、んっ、イキそうっ……♥　ん、くぅっ！」

「あっあっ♥　ん、ふぅっ、タズマくんも、ん、ああっ……♥」

「う、ああ……出すぞ……！」

俺も精液が昇ってくるのを感じながら、ラストスパートをかけていった。

「あっ、ん、はぁっ♥　イクッ、ん、あっ、んぅっ！」

「あふっ、ん、すごいの、きちゃうっ……♥」

「ん、あっあっ♥　イクッ、ん、イクイクッ！」

ファータのオマンコをチンポで突き、チェルドーテとステラのアソコをいじっていく。

そして三人が、そろって嬌声をあげた。

「「イックウウゥウゥウッ！」」

どびゅっ、びゅくっ、びゅるるるるっ！

彼女たちが声を合わせ、絶頂するのと同時に、俺も射精した。

肉棒が激しく脈打ち、精液を注ぎ込んでいく。

「んあぁぁぁっ♥」

中出しを受けたファータがさらに喘ぎ、感じていく。

うねる膣襞が精液を搾るように動き、その気持ちよさに浸りながら、俺は精液を吐き出していく。

「ん、はぁ……♥」

そして精液を吐き出した後、俺は肉竿を引き抜いた。

「あふっ……」

中出しを受けたファータはそのまま、ベッドへと倒れ込んだ。

俺はその後ろ姿を眺めながら、ベッドへと座り込んでいる。

ファータのあそこからは、混じり合った体液があふれ出している。

そんなエロい光景を眺めていると、チェルドーテとステラが迫ってきた。

「タズマってば、まだえっちな目をしてるわね」

「おちんちんも、元気なまま」

彼女たちは左右から俺に抱きついてくる。

柔らかなおっぱいが、むにゅっと押し当てられるのは気持ちがいい。

「こんなにガチガチなままじゃ、もっと出したいよね？」

そう言って、小さな手が肉竿を握り、軽くしごいてきた。

「あぁ……」

肯定の返事と気持ちよさに漏れる声、半々くらいの反応を示すと、彼女たちが潤んだ目で俺を見つめた。

「それじゃ、まだ元気なあたしたちのアソコで、ね？」

そう言って、チェルドーテが仰向けになる。

「ステラ」

「ん」

そして呼ばれたステラは、チェルドーテに覆い被さるようにした。

ふたりは身体を重ねる。

女の子同士のプレイみたいでいい光景だ。

それと同時に、ふたりのオマンコが上下並んでこちらへ向けられているという、直接的なエロさもある。

そんな光景を前に、男がすることなど決まっていた。

俺はまだ滾ったままの肉棒を、ふたりの間へと差し入れる。

「んんっ……♥」

「あふっ……」

ふたりの割れ目を擦り上げ、下腹に肉竿が挟み込まれる。

すでに混じり合った体液で肉竿が濡れているため、そのままスムーズに腰を動かすことが出来た。

「あふっ、んんっ……」

「熱いおちんぽが、こすり付けられて、んっ……」

ふたりのオマンコとお腹に挟まれながら、腰を動かしていく。

「これ、まだ入ってないのに、なんだかすごくっ……」

「エッチな感じがするっ……んんっ♥」

「ああ……ふたりに挟まれるの、気持ちいいな」

美女ふたりのアソコとお腹に肉棒をこすり付けていく。

「あふっ、ぬるぬるのおちんぽが、擦ってきて、ん、ふぅっ……」

「あんっ！　ん、クリトリスにもこすれて、ん、はぁっ……」

彼女たちは声を出して感じていく。

「そこっ、ん、はぁっ……」

「タズマ、ん、はぁ、ふぅ……」

ステラが腰をくねらせて、オマンコを肉棒に擦り付けてくる。

「あたしも、ん、はぁっ……♥」

それに合わせてチェルドーテも腰を振った。

ふたりがそれぞれに動き、上下からオマンコで肉棒を擦り上げる。

その気持ちよさとふたりのドスケベな姿に興奮する。

「んはぁっ♥　はっ、ん、ああっ……」

「んんっ、はぁ……」

そして押しつけられた陰裂が軽く割り開かれる。

あまりにエロい姿に我慢できず、俺はまずチェルドーテの膣内に挿入した。

「んくぅっ♥　あっ、中に、んんっ……」

そのまま腰を振っていく。

「ああっ、ん、はぁっ、あんっ♥」

チェルドーテが快感に声をあげながら身体を揺らす。

上に乗っているステラは揺さぶられて、身体を安定させるために重心を落とした。

そうして無防備になってオマンコに、俺は続けて挿入する。

「んはぁっ♥　あっ、んんっ……!」

次はステラの膣内をかき回し、潤んだ襞を擦り上げる。

「あっ、ん、はぁっ♥」

「あふっ、んんっ、くぅっ、んぁっ♥」

先程のように、代わる代わるふたりに挿入し、そのオマンコを楽しんでいく。

「あふっ、ん、はぁっ、いつもより激しくて、ん、ああっ♥」

「んぅ、ん、はぁっ、あっあっ♥」

嬌声をあげる彼女たちが盛り上がり、その膣内も気持ちよく肉棒を締め付けてくる。

美しいヒロインたちと触れ合い、共鳴し、高まる欲望のままに腰を振れば、俺の限界もすぐにやってきてしまう。

俺は膣内から肉棒を引き抜くと、再びふたりの秘裂の間へと挿入した。

膣内のように直接的な襞はないが、ふたりのオマンコを擦り上げている、美女ふたりに挟まれているという幸福感がある。

俺はそのまま腰を動かし、彼女たちのクリトリスを刺激できるように角度を調節しながら抽送を行っていく。

「んはぁっ♥　ああっ、クリトリス、ん、おちんぽで擦られて、ああっ♥」

「気持ちよくて、ん、はぁっ♥　あっ、ん、イクッ！」

ふたりは嬌声をあげながら、互いの密着度を上げていく。

大きな胸同士が押しつけられてかたちを変え、オマンコが肉棒を強く挟み込んでくる。

ドスケベな光景とともに高まる刺激に、俺も限界を迎えた。

「出すぞ、うっ……！」

そのまま、彼女たちの間で射精する。

「ひゃうっ♥」

「ああっ♥　んうぅぅっ♥」

ふたりのオマンコとお腹に挟まれながらの射精。

上下からぎゅぎゅっと射精中の肉棒を挟み込まれ、精液が絞り出されていく。

彼女たちも自ら腰を動かしながら、嬌声をあげていった。

「あっあっ♥　タズマ……ん、イクウゥウウゥッ！」

「私も、ん、あふっ、んくぅぅぅっ♥」

ふたりがクリイキをして、ビクビクと身体を震わせる。

その刺激もまた肉棒に伝わり、気持ちよさを送り込んできた。

「あっ、ん、はぁっ……♥」

「んっ、ふぅっ……あぁ……♥」

俺はふたりの間から肉棒を引き抜くと、ベッドへと倒れ込んだ。

「ふたりとも、すっごく感じてたね」

先に復活していたファータが彼女たちを眺めて言った。

「タズマくん、ぎゅー♪」

ファータはベッド上の俺へと抱きついてくる。

性欲を発散しきった俺は、穏やかな気持ちで彼女を抱きしめ返した。

最愛の彼女たちに囲まれながら、俺はベッドの上でまどろみに誘われていく。

三人と身体を重ね、体力を使い果たした、心地よい疲労感。

ハーレムの夜は最高だ。

前世でプレイしていた、【トリルフーガ】の世界。

そこに転生した時点で、前世よりは遥かに幸せなはずだったが、それだけじゃない。

何故かエロくなっていた彼女たちに迫られ、その影響もあって、本来ならバッドエンドを回避出来なかった相手も加えた、ヒロイン三人全員に囲まれている。

原作を超える裏ハーレムルート。

純愛系のままだったなら、こんなにもエロいセックスは味わえなかっただろう。

その上で、彼女たちの愛情は、原作以上にまで高まっているようにも思う。

とにかく最高だ。

三人の美女に毎日求められ、熱い夜を過ごす。

そんな幸せな日々が、これからも続いていくのだ。

俺は幸福感に包まれながら、眠りに落ちていく。

眠気に目を閉じても、隣には暖かさを感じる。

そんな俺に彼女たちがそろって、抱きついてきたのだ。

柔らかな身体と体温に包まれながら、俺は続いていくハーレムな暮らしを思い、深い眠りにつくのだった。

END

あとがき

みなさま、こんにちは。もしくははじめまして。赤川ミカミです。

嬉しいことに、今回もパラダイム出版様から本を出していただけることになりました。

これもみなさまの応援あってのことです。本当にありがとうございます。

今作はかつてプレイしていたエロゲーの世界に転生した主人公が、一人のヒロインしか救われない結末を回避するためにも、ハーレムルートを目指す話です。


人生、百点満点とはほど遠いもので、特に過去に関しては「もっとこうだったらよかったのに」と思うことも多々ありますが、とはいえいつだって一応、そのときその環境の自分としては最適解をとってきたわけです。仮にやり直しが出来たところで「この一手さえ変えれば十全の幸福が！」なんてこともないだろうなぁ、と思いますし。選択によっては今あるものを失うわけです。でも、この選択もそう悪いものではない……というときにはそれも救いなのか……。

でも、異世界に別人として転生すれば初期状況も考え方もまるで違うので、生き方をごっそりと入れ替えてハッピーエンドを目指すのも、やりやすいですよね。

ちょっとドジながら元気で人懐っこいファータ。面倒見のいいお姉さんのチェルドーテ。ダウナーで小動物的なステラ。

そんなヒロイン三人に囲まれてスタートするエロゲー人生は、現世よりずっと期待が持てます。

原作知識で嫌なことは回避。おいしいところは知っている通りに。

本作ではさらに、主人公が知る純愛系原作よりも、ヒロインたちがエッチに迫ってくるようになるおまけ付き。性に解放的になったことで、本来なら純愛ルートのはずが、ハーレムを目指せるエロ展開に！　ということで全員のバッドエンドを回避するため、ヒロインたちと交流をしていきます。


それでは、最後に謝辞を。

今作もお付き合いいただいた担当様。いつもありがとうございます。またこうして本を出していただけて、本当に嬉しく思います。

そして拙作のイラストを担当していただいたKaeruNoAshi様。本作のヒロインたちを大変魅力的に描いていただき、ありがとうございます。清楚系ヒロインとしても１００点！　エロゲーとしても１００点な三人が素敵でした！

最後にこの作品を読んでくれた方々。過去作から追いかけてくれた方、今回初めて出会った方……ありがとうございます！

これからも頑張っていきますので、応援よろしくお願いします。

それではまた次回作で！

二〇二三年五月　赤川ミカミ

キングノベルス
純愛《じゅんあい》エロゲーに転生《てんせい》して俺《おれ》だけ
裏《うら》ハーレムルート【ヒロイン完全攻略《かんぜんこうりゃく》】に突入《とつにゅう》！
～バグで性欲《せいよく》も異常《いじょう》になってます!?～

2023年 6月30日　初版第１刷 発行

■著　　者　　赤川ミカミ
■イラスト　　KaeruNoAshi

発行人：久保田裕
発行元：株式会社パラダイム
〒166-0004
東京都杉並区阿佐谷南1-36-4
三幸ビル4A
TEL 03-5306-6921
印刷所：中央精版印刷株式会社

KN113

才能なし努力家の
第一王子に転生した結果
英雄ハーレム完成！
第一王子として恵まれた異世界転生をしたはずのフォルツ。
しかしスキルに恵まれず、王族としての評価は最低だった。
そんな境遇であっても気にせず努力を続けた彼は、魔女ネーフィカや姫騎士ミューチとの出会いでチャンスを掴み取り、
聖女ピエタも加えたハーレムな日々を過ごしていくことに！
愛内なの
Nano Aiuchi
illust: 黄ばんだごはん